Rainer Moritz

Mutter kommt, wir halten durch

PIPER

Zu diesem Buch

Als Roberts Mutter Annemarie gleich unter ihm und seiner Frau Carla einzieht, ist es mit der Ruhe schlagartig vorbei. Denn an Ruhe denkt die eigensinnige Rentnerin zu allerletzt. Mit ihren Ideen für das Dorfleben versetzt Annemarie ganz Rumplingen in helle Aufregung, und selbst Roberts und Carlas Geduld wird durch ihre Tatkraft auf eine harte Probe gestellt. Während Vermieter Renner Annemarie noch schöne Augen macht, sieht Ortsvorsteher Störzer dank seiner schlagfertigsten Konkurrentin schon seine Felle davonschwimmen. Als ein jordanischer Investor ein Großprojekt im Dorf realisieren will, steht Annemarie vor ihrer bisher größten Herausforderung und fasst einen aberwitzigen Plan, um Rumplingen vor dem Schlimmsten zu bewahren.

Rainer Moritz, geboren 1958 in Heilbronn, leitet das Literaturhaus Hamburg. Er schrieb sich mit den erfolgreichen Romanen »Madame Cottard und eine Ahnung von Liebe«, »Madame Cottard und die Furcht vor dem Glück« und »Sophie fährt in die Berge« in die Herzen seiner Leserinnen und Leser.

Rainer Moritz

Mutter kommt, wir halten durch

Roman

Piper München Zürich

Mehr über unsere Autoren und Bücher:
www.piper.de

Von Rainer Moritz liegen bei Piper vor:
Die Überlebensbibliothek
Ich Wirtschaftswunderkind
Madame Cottard und eine Ahnung von Liebe
Madame Cottard und die Furcht vor dem Glück
Sophie fährt in die Berge
Mutter kommt, wir halten durch

Das Gedicht »Dorfleben« von Jürgen Theobaldy (aus *Wilde Nelken*) wurde zitiert mit der freundlichen Genehmigung des zu Klampen Verlags.

FSC
www.fsc.org
MIX
Papier aus verantwortungsvollen Quellen
FSC® C083411

Originalausgabe
Oktober 2014

Umschlaggestaltung: Mediabureau Di Stefano, Berlin
Umschlagabbildung: John Lund/Stephanie Roeser/Getty Images
Satz: Fotosatz Amann, Memmingen
Gesetzt aus der Adobe Caslon Pro
Papier: Munken Print von Arctic Paper Munkedals AB, Schweden
Druck und Bindung: CPI books GmbH, Leck
Printed in Germany ISBN 978-3-492-30615-7

Dorfleben

Zwei Züge am Tag.
Einer hält.

Jürgen Theobaldy

Erster Teil

1

»Wie gut, dass ich Sie treffe, Herr Tiefenthal! Da sind Sie ja endlich!«

Robert zuckte zusammen, als er sah, wie Frau Mildenberger auf ihn zustürzte.

»Ein Glück, dass Sie freitags immer so früh Feierabend machen. Mein Mann kann sich das nicht erlauben, als Selbstständiger. Seien Sie froh, dass Sie auf der Behörde schaffen!«

Mühsam wand sich Robert aus seinem Auto. Auge in Auge stand er seiner Nachbarin gegenüber, die ihr Haar hochgesteckt hatte und einen farblich undefinierbaren Wischlappen vor Roberts Gesicht hin und her schwenkte.

»Was gibt's denn, Frau Mildenberger?«

»Aber das wollte ich doch Sie fragen! Hier spielen sich Dinge ab, ohne dass einem irgendjemand etwas sagt, unglaublich. Kennen Sie die Frau, die jetzt bei Ihnen unten einzieht, in die leer stehende Wohnung? Eine unverschämte Person ist das, fährt da mit einem Affenzahn in unsere Dreißigerzone. Unseren Schnurrer hätte sie beinahe erwischt, denken Sie sich nur! Anzeigen sollte man die, auf der Stelle.«

Robert hätte gern gewusst, wovon Frau Mildenberger sprach. Seit Wochen rätselten Carla und er, an wen wohl die plötzlich frei gewordene Einliegerwohnung vermietet würde. Frau Sonnenberg, eine resolute Hauswirtschaftslehrerin, hatte nach einem Jahr das Weite gesucht. Keinem Streit mit Vermieter Renner war sie aus dem Weg gegangen, und als sie ihn weithin hörbar als einen geldgierigen Grasdackel beschimpft hatte, war klar, dass die Wohnung bald frei werden würde. Ein gutes Dutzend Frauen – männliche Bewerber zog Renner wohl nicht in Betracht – hatte sich die Wohnung in den letzten Wochen angesehen, ohne Ergebnis. Die Liste von Renners Ansprüchen an seine Mieter besaß offensichtlich abschreckende Wirkung.

»Keine Ahnung, Frau Mildenberger. Zum Glück redet Herr Renner darüber nicht mit mir. Bei den vielen Interessenten, die er in die Flucht schlägt, würde ich ihm gar nicht mehr entkommen. Das muss alles sehr schnell gegangen sein. Wie ich Sie kenne, haben Sie bereits Erkundigungen eingezogen, oder? Man will ja wissen, wer einem gegenüber wohnt, gerade in diesen kriminellen Zeiten.«

Frau Mildenberger schien zu überlegen, ob sie sich von Roberts Bemerkung geschmeichelt oder empört zeigen sollte. Sie atmete kräftig ein.

»Nein, nein, ich habe keine Ahnung. Auf dem Gemeindebüro wissen sie angeblich von nichts, und an Renner war nicht ranzukommen. Der ist die ganze Zeit um diese Frau, so eine mit kurzen Haaren, herumgesprungen – Ende sechzig wird die gewesen sein, kam aber in einem Sportwagen mit Stuttgarter Nummer und in einem bunten Kostüm daher, grell, völlig unpassend für so ein Alter! Und wichtig hat die sich gemacht. Na ja, dann kam die Müllabfuhr, und von dem, was die beiden geredet haben, war nichts mehr zu verstehen. Eine Unverschämtheit!«

Robert beschloss, auf den Redeschwall seiner Nachbarin nicht einzugehen, obwohl es auch ihn erstaunte, wie schnell sich die Mietangelegenheit – Renners Dauerthema – geklärt hatte. Aus den Augenwinkeln sah er, wie Frau Mildenberger auf sein »Ich muss dann mal hoch. Hab noch was zu erledigen« mit einem spöttischen Grinsen reagierte.

»Sicher weiß meine Frau mehr. Einen schönen Tag noch, Frau Mildenberger!«

2

Robert verbarg sich unbeholfen hinter der Gardine, an deren Borte sich dunkle Schokoladenflecken abzeichneten, und beobachtete Frau Mildenberger auf der gegenüberliegenden Straßenseite bei ihrer liebsten Freitagnachmittagsbeschäftigung. Wie schön es war, sie aus sicherer Entfernung zu sehen. Mit einem nassen Lappen wischte sie eine der überdimensionierten Mülltonnen aus, deren Signalfarben den Treppenaufgang zu ihrem Haus nicht attraktiver machten. Sie schwenkte mit Wasser nach, stellte die Tonne auf den Kopf und blickte befriedigt nach links und rechts. Jeden Freitag – Robert konnte die Uhr danach stellen – ging sie auf diese Weise der Tonnenpflege nach. Morgen, am Samstag, würde Herrn Mildenbergers Stunde schlagen. Kaum dass die in der Siedlung streng beachtete Mittagsruhe beendet wäre, würde er sich um den Rasen kümmern, mit einem Elektromäher jeden Flecken abgrasen und überstehende Halme behutsam abschneiden. Je nach Wetterlage würde er danach sein Auto waschen und aussaugen oder mit seiner Frau in den Blumenbeeten herumfuhrwerken, dies und jenes umgraben.

Obwohl die Holzsprossen des Balkons von außen wenig Einblick gewährten, fühlte sich Robert beobachtet. Im Grunde fühlte er sich immer beobachtet, seitdem er vor drei Jahren mit seiner Frau Carla und Sohn Daniel ins Neckartal, nach Rumplingen gezogen war. Wann immer er aus dem Haus trat und nicht sofort in sein Auto stieg, hatte er den Eindruck, von einem der knapp zweitausend Einwohner mit Blicken verfolgt zu werden. Zugezogene gab es nur im kleinen Ortskern oder im Neubauviertel, wo alle Straßen nach Singvögeln hießen. Über Generationen hinweg vererbte man hier seine Äckerle, und wenn die Kinder und Enkelkinder im Beruf standen, wurde gebaut: solide Häuser, die man meist selbst bezog. Allenfalls die Einliegerwohnungen wurden, wenn es unumgänglich war, vermietet, gern an alleinstehende Frauen ohne Haustiere.

Dass Robert Glück gehabt und eine bezahlbare Wohnung in Rumplingen gefunden hatte, lag am Wohlstand seines Vermieters. Carl Renner, ein unverheirateter Mittsechziger, der aus einer der ältesten Familien im Ort stammte, besaß mehrere Häuser in Rumplingen und Bühl. Einer erkennbaren Arbeit ging er nicht nach, sondern verbrachte seine Zeit damit, den Umsatz der beiden hiesigen Wirtshäuser anzukurbeln oder in seinen Besitztümern nach dem Rechten zu sehen.

Robert schob die Gardine beiseite, um Frau Mildenbergers Treiben besser verfolgen zu können. Sie schien zu ungewöhnlichen Maßnahmen zu greifen und begann die Räder ihrer drei Tonnen mit einem Reinigungsmittel einzusprühen. Mit einem spitzen Gegenstand fuhr sie die Bodenrillen entlang, die das Verrutschen der Tonnen verhindern sollten. Frau Mildenberger, die jährlich ein paar Kilo zulegte, warf sich mit ihrem Oberkörper auf die Tonne. Sie rubbelte, schrubbte und polierte, und für Robert bestand kein Zweifel, dass sie dabei ein unterdrücktes Stöhnen, das allmählich in ein befriedigtes Seufzen umschlug, von sich gab. Beim Geschlechtsverkehr legt sie sicher mehr Zurückhaltung an den Tag, dachte Robert und schreckte sogleich vor dieser Vorstellung zurück.

Das Telefon klingelte. Robert ließ, wie im Büro, einige Sekunden verstreichen, ehe er das Gespräch annahm.

»Tiefenthal, ja?«

»Ich bin's«, sagte Carla. »Das dauert ja immer, bis du rangehst. Kannst du mal im Kühlschrank schauen, ob wir noch Parmesan haben? Und bei der Butter in der Tiefkühle bin ich mir auch nicht sicher.«

Robert schwieg, hörte im Hintergrund eine Supermarktdurchsage, die Schwetzinger Spargel als Sonderangebot anpries, und machte sich unwillig auf den Weg in die Küche.

»Nein, Daniel, lass das, wir brauchen keinen Schokopudding …« Robert hörte ein Scheppern, als würde ein Einkaufswagen gegen ein Kühlregal prallen. Ja, Parmesan ist noch da, ein großes Stück …, wollte er sagen, als das Gespräch abbrach. Carla hatte sich offensichtlich um Wichtigeres zu kümmern. In einer halben Stunde würde sie zu Hause sein und ihm die Details des Unfalls schildern. Und bestimmt konnte sie ihm erzählen, welche grell gekleidete Sechzigjährige im Haus einziehen und die herrliche Ruhe der letzten Wochen beenden würde.

3

Halb vier. Heute Abend würde es die Reste vom Maifeiertag geben, gefüllte Kalbsbrust mit Spätzle, von Robert eigenhändig und liebevoll zubereitet. Daniel aß mit seinen acht Jahren Portionen, die es in sich hatten. Der isst uns noch die Haare vom Kopf, hätte seine Großmutter dazu gesagt. Alles wurde immer teurer. Wie viele Jahre musste er bis zur bescheidenen Rente noch durchhalten? Zum Glück arbeitete Carla, wenngleich ihr Gehalt als Kindergärtnerin nicht der Rede wert war.

Robert trat vom Fenster zurück und ging hinüber in die Küche, die sich vom Wohnzimmer durch eine Schiebetür abtrennen ließ. Natürlich ächzte die Tür, niemand ölte sie, weshalb sie nie geschlossen wurde. Er machte einen Schritt nach rechts – einen zu großen Schritt – und trat auf einen Kasten mit Buntstiften, den Daniel vergessen hatte. Immerzu lag etwas herum in dieser Wohnung, und wenn er seinen Sohn zur Rede stellte, antwortete der ihm: »Eigentlich kannst du das doch in mein Zimmer bringen, oder?« Robert hätte Empörung zeigen müssen, doch meistens gelang es ihm nur, seine Erheiterung zu verbergen. Irgendwann würde er ein Erziehungsbuch schreiben, garniert mit eigenen Erlebnissen und von der These getragen, dass alle Pädagogik nichts half und man darauf setzen musste, ein freundliches Kind abzubekommen. Carla war konsequenter in diesen Dingen, was ihm seine Mutter bei ihren zum Glück selten gewordenen Besuchen stets vorhielt.

Ehe sich Robert mit gemischten Gefühlen den Erinnerungen an seine Kindheit hingeben konnte, glitt er auf einem dieser gottverdammten Buntstifte aus. Daniel hatte sicher mal wieder einen seltenen europäischen Singvogel – sein Spezialgebiet – gemalt. Robert geriet ins Schlingern, prallte gegen den Rahmen der Schiebetür und schrie auf. Sein Rücken! Ein wohlvertrauter Stich traf ihn, er versuchte sich aufzurichten, was aber den gegenteiligen Effekt hatte. Gekrümmt rutschte er weiter, seine Hausschuhe, deren Filzsohlen ohnehin lebensgefährlich waren, begannen ein Eigenleben zu führen und ließen ihn in die Küche gleiten, bis er ächzend wie die Tür stürzte und reglos wie ein weggeworfener Kleidersack liegen blieb. Sein Kreuz! Seit Monaten weigerte er sich, deswegen einen Arzt aufzusuchen.

Er blieb auf dem Küchenboden liegen, streckte sich vorsichtig und wusste, dass der Schmerz in fünf oder zehn Minuten abklingen würde. Vor gut einem Jahr war er beim Sex in eine ähnlich unangenehme Lage gekommen. Obwohl er und Carla keine extremen Stellungen bevorzugten, auch keinen Geschlechtsverkehr an ungewöhnlichen Orten, vor dem Rumplinger Spritzenhaus zum Beispiel oder in den Neckarauen. Nein, das nicht, aber sein Bein hatte sich unglücklich verhakt, als er in Carla eindringen wollte. Vielleicht hatte ihr Hintern Widerstand geleistet, nicht aus Missvergnügen, sondern aufgrund seiner ungelenken Beckenbewegungen. Seinen Aufschrei, einen Klagelaut, hatte Carla eine Sekunde lang für ein Orgasmusfrohlocken gehalten. Dann aber hatte sie sich in all ihrer schönen Nacktheit über ihn gebeugt und ihn bemitleidet. »Alles okay? Wo tut es weh? Ich hol etwas aus dem Bad. Bleib ruhig liegen. Beweg dich nicht. Ich hab dir schon hundertmal gesagt, dass du zu Dr. Kreuzmann gehen sollst.« Coitus interruptus nannte man das wohl.

Er hörte Schritte. Die Türklingel ging; vermutlich hatten Carla und Daniel die Hände voller Einkaufstüten. Er konnte sich kaum bewegen, robbte ein paar Zentimeter nach vorn, wollte ihnen seine Qual zurufen, doch durch die geschlossene Küchentür drang kein Laut in den Flur. Wahrscheinlich schimpfte Carla vor sich hin, stieß ein »Wir wissen doch, dass du zu Hause bist!« aus und kramte in den Untiefen ihrer Handtasche nach ihrem Schlüsselbund. Gleich würden die beiden in die Wohnung, in die Küche kommen, und Daniel würde sich zu seinem gebrechlichen Vater hinunterbeugen und mit Unschuldsstimme fragen: »Bist du über meine Stifte gefallen? Die sind doch gut zu sehen, weil es Buntstifte sind.« Danach würde Daniel ihm wahrscheinlich erklären, dass er bei dicken Filzstiften schlimmer gestürzt wäre, und in sein

Kinderzimmer hinüberhüpfen. Und was Carla angesichts seiner invaliden Gestalt von sich geben würde, konnte er sich nur allzu leicht ausmalen.

4

Carla musterte ihren Mann mit jener Mischung aus Wohlwollen, Verdruss und Belustigung, wie sie sich nach mehreren Ehejahren zwangsläufig einstellt.

»Stütz dich bei mir auf. Sonst fällst du die Treppe runter, das fehlt noch.«

Robert würdigte sie keines Blickes und setzte langsam und verhalten seufzend einen Fuß vor den anderen. Carla hatte ihn überzeugt, das Missgeschick seines Sturzes mit einem Besuch beim Griechen zu kompensieren. Die Kalbsbrust läuft uns nicht davon.

Immer zum Griechen. Wie vor zwanzig Jahren, als es im Studium angesagt war, fettiges Gyros zu essen und rosafarbenen Fischrogen. Nach bezahlter Rechnung gab es einen Ouzo gratis. Anisschnaps und geharzten Wein … unglaublich, was man damals freiwillig in sich hineinschüttete. In Rumplingen hatte sich daran wenig geändert. Seit Jahren war das Dorf gastronomisch fest in griechischen Händen, und beide Lokale, die Taverne Mykonos und der Alte Löwe, führten einen erbitterten Konkurrenzkampf, der alle paar Jahre in einen Kleinkrieg mündete und den Ortsvorsteher auf den Plan rief. Dann trafen sich alle zur Mediation und kamen nach drei Runden Demestica zur Vernunft. Robert misstraute dem Wirt des Mykonos, der Carla immer mit einem Freudenschrei begrüßte und sie ungebührlich lange an sich presste. Carlas »Das ist eben das südländische Temperament« dämpfte seinen Unmut nicht, zumal er sofort an seinem eigenen Temperament zu zweifeln begann.

Es ist wie verhext, dachte er, als sie glücklich die Haustür erreicht hatten, warum muss ich alles auf mich beziehen? Obwohl es ganz eindeutig war, dass Carla im Zweifelsfall für die Taverne Mykonos plädierte. Die im Löwen würden mit zu viel Olivenöl kochen, und er wolle sicher nicht, dass sie die ganze Nacht unter Sodbrennen leide.

Daniel hatte den Sturz seines Vaters längst vergessen. Eine Viertelstunde lang hatte er ihn mit heißen Baumwollwickeln traktiert, ehe er sich dann, wie er sagte, wichtigeren Angelegenheiten zuwandte. Carlas Vorschlag, ihn in Kreuzmanns Praxis zu fahren, hatte er schroff abgelehnt und es dabei wohlweislich vermieden, vom Sofa zu hektisch aufzufahren, um seinem Protest Nachdruck zu verleihen. Mir fehlt nichts, ich ruhe mich eine halbe Stunde aus. Carla hatte geschwiegen, sich wie üblich ihren Teil gedacht.

So wie sie auf dem schmalen Fußweg an der Landstraße entlangtrippelten, boten sie ein sonderbares Bild. Ein Paar in den Vierzigern mit einem fröhlich hüpfenden Kind, das an jeder zweiten Hecke stehen blieb, um nach Gartenbaumläufern oder Blaumeisen Ausschau zu halten. Das allein wäre nichts Besonderes gewesen, doch einige Autofahrer wirkten verdutzt, einen hinkenden Mann zu sehen, der sich, seine Basecap tief ins Gesicht gezogen, auf den Arm einer offenkundig gut gelaunten Frau stützte und besorgt schien, von irgendjemandem angesprochen zu werden. Auf keinen Fall werde er in diesem Zustand durchs Dorf gehen, hatte er ausgerufen und andernfalls mit einem Boykott der Taverne gedroht.

»Hast du von Renner irgendetwas gehört wegen der Wohnung?«, fragte Robert und blieb stehen. »Die Mildenberger behauptet, die sei vermietet, an eine ältere Frau aus Stuttgart.«

»Nein, wann hätte ich denn mit Renner reden sollen? Ich achte schon gar nicht mehr darauf, wenn der die Wohnung irgendeinem zeigt. Na, ich bin froh, wenn das vorbei ist. Bin gespannt, wie lang die Neue diesmal aushält.«

»Sie fährt einen Sportwagen«, erwiderte Robert, als würde diese Information weiterhelfen, und ging demonstrativ behäbig weiter.

Sie mieden die Frosch- und die Vorstadtgasse und schlängelten sich an der wie an jedem frühen Abend dicht befahrenen Landstraße entlang, Auspuffgase inhalierend und den unebenen Pflastersteinen des Fußwegs ausweichend, aus dem der Löwenzahn spross. Seit Jahren versprach die Ortsverwaltung Besserung, und seit Jahren geschah nichts. Wozu es überhaupt einen Ortsvorsteher gebe, murmelte Robert, doch selbst wenn er lauter gesprochen hätte, hätte Carla beim Dröhnen der vorbeibrausenden Autos kein Wort verstanden. Das machte nichts, denn sie ahnte auch so, worüber sich Robert beklagte. Schließlich kannte sie ihn seit bald fünfzehn Jahren und wusste darüber Bescheid, in welchen Lebenssituationen er dies und in welchen er jenes von sich gab. Ein verlässlicher Mann, in jeder Hinsicht.

5

Nach gut zwanzig Minuten hatten sie es geschafft. Ohne ihren invaliden Familienvorstand wären Carla und Daniel in fünf Minuten am Ziel gewesen, doch Carla tat so, als würde sie den Feierabendspaziergang mit ihrem vor sich hin grummelnden Mann genießen. Sie hatte sich angewöhnt, Robert in brenzligen Situationen als »Mein Familienvorstand« anzureden und die Ironie so zu dosieren, dass er nicht mehr jedes Mal einen Kommentar dazu abgab. Nur wenn sie, was selten vorkam, Gäste hatten oder Roberts Mutter zu Besuch kam – meist nur, um ihren Enkel, ihren einzigen Enkel, wie sie monierte, zu besuchen –, verzichtete sie auf die Familienvorstandsanrede, um Robert vor giftigen Anmerkungen seiner Mutter zu schützen.

Carla zog Robert die ausgetretenen Stufen zum Taverneneingang hoch und überhörte sein »Pass doch auf, du zerreißt mir meinen Mantel!«. Gleichzeitig beschwor sie Daniel, nicht ständig danach zu fragen, ob er gleich eine große und nicht nur eine kleine Fanta bestellen dürfe. Andernfalls gebe es gar keine. Worauf Daniel ankündigte, sofort nach Hause zu laufen. Dann würden sie sich Sorgen machen, dass er unters Auto käme, und mit dem Besuch im Lokal wäre es vorbei.

Am Erscheinungsbild der Taverne hatte sich im Lauf der Jahre nichts geändert. Lediglich die Fensterläden schienen einen neuen Anstrich abbekommen zu haben und strahlten blauer denn je. Das Treppengeländer wackelte bedenklich. Robert ahnte die Gefahr und bewegte sich – Carla hätte es nicht für möglich gehalten – noch eine Spur langsamer. Bis zur Sperrstunde, dachte sie, würden sie es wohl bis ins Lokalinnere geschafft haben.

Endlich hatten sie die Türklinke erreicht. Robert versteckte sich hinter Carla, durch deren Beine Daniel schlüpfte und als Erster den stickigen Gastraum erreichte. Dieser wurde von einem Aquarium beherrscht, weshalb Carla Bundeskanzler Kohl in den Sinn kam, in dessen Amtszimmer auch ein Aquarium gestanden hatte. Zumindest behaupteten das damals die Zeitungen. Kohl habe die ruhigen, widerspruchsfreien Fische gern betrachtet, wenn ihm die Russen oder Honeckers Leute dumm kamen. In einem griechischen Lokal spielte das wohl keine Rolle. Wahrscheinlich sollten die Fische ein mediterranes Ambiente erzeugen. Auf jeden Fall versperrte das Ding die Sicht auf den Tresen, hinter dem der Wirt Pils zapfte. Kaum hatte er Carla erkannt, deren Bluse in Roberts Augen eindeutig zu viel Einblick gewährte, schob er das Bierglas zur Seite und tat so, als sei eine griechische Göttin vom Olymp abgestiegen.

»Madame Carla!«, rief er mit sich überschlagender

Stimme. »Wie schön, dass Sie uns die Ehre schenken. Und Ihre Familie natürlich auch.« Robert notierte sofort, wie verzögert der Wirt den Nachsatz hinzugefügt hatte, natürlich ohne ihn eines Blickes zu würdigen. Seit Langem hielt Robert in einer Art Kopfkladde alle Demütigungen fest, die ihm tagtäglich widerfuhren. Davon gab es vor allem im Büro reichlich. Lächerlich, dachte er, während er unschlüssig an der Türschwelle stehen blieb und zu ignorieren versuchte, dass sich ihm von allen Tischen kaum verhohlen Blicke zuwandten und sich ein kollektives Tuscheln anbahnte. Wie lächerlich, dass der Wirt alle Frauen, keineswegs nur Carla, mit Madame anredete! Besaß das Griechische dafür denn keine passende Vokabel? In Roberts Bekanntenkreis gab es keine Griechinnen, allenfalls leidenschaftliche Sirtakispielerinnen, die nach öffentlichen Auftritten gierten und ihm YouTube-Links schickten.

»Papa, essen die in Griechenland Singvögel? So wie die Italiener?«

Daniels schrille Stimme durchschnitt den Raum. Warum der Junge nie gedämpft sprach!

»Nein, natürlich nicht«, entgegnete Robert flüsternd. Die schlachten nur süße Lämmchen, fügte er für sich hinzu, um winzige Koteletts zu bekommen, von denen man sechs Stück essen konnte, ohne satt zu werden. Einen Poseidon-Teller wollte er nehmen, das hatte er sich auf dem Weg überlegt. Eine dieser fettreichen Anhäufungen all dessen, was sich auf den Grill werfen ließ, garniert mit Zitronenschnitzen, Schafskäse, Oliven, deren tückische

Kerne, oder sagte man Steine?, Robert erst vor zwei Jahren einen Zahnarztbesuch eingetragen hatten, und Kräutern, die, hieß es, auf dem Peloponnes wuchsen und von armen Hirten mit Eseln eingesammelt wurden.

Ich nehme einen Poseidon-Teller, hätte er beinahe ausgerufen, ehe ihm einfiel, dass sie noch nicht einmal Platz genommen hatten. Stattdessen hakte Daniel in der Singvögelfrage nach und schien die väterliche Kompetenz anzuzweifeln, während der Wirt Carla wie eine aus dem Koma erwachte Erbtante in seine Arme schloss. Er küsste sie unkontrolliert auf die Wangen, und Carla zeigte keinerlei Abwehrversuche.

Perikles. So hieß der unverschämte Kerl. Robert hatte sich darüber gewundert, dass griechische Eltern ihren Kindern die Namen uralter Staatsmänner gaben. Womöglich hießen manche auch Solon, Drakon und Papandreou. Er tätschelte Carlas Arm und schien seine Rolle als Gastwirt darauf beschränken zu wollen. Carla strahlte ihn an, machte aber immerhin erste Anstalten, nach einem freien Tisch zu suchen. Daniel hatte seinen Wunsch nach Pommes frites längst vergessen und starrte auf das Aquarium, in dem fünf trostlose Goldfische ihre Runden drehten.

»Madame Carla, bin ich voller Verzweiflung. Warum Sie haben nicht reserviert? Ein Anruf nur bei Perikles, das hätte genügt. Aber heute Freitagabend, da alle Leute wollen gut griechisch essen und Herd zu Hause lassen kalt. Um neun erst werden erste Tisch frei.«

Robert spürte eine Schmerzwelle nahen. Die meisten verhängnisvollen Unfälle ereigneten sich in den eigenen vier Wänden, hatte er gelesen. Wäre er auf Daniels Buntstiften nur ein klein wenig unglücklicher ausgeglitten, wäre er mit dem Kopf gegen den Kühlschrank geprallt und wahrscheinlich jämmerlich verblutet. Was für ein gefundenes Fressen für den *General-Anzeiger*, ja vielleicht sogar für das *Tagblatt*! »*Stellvertretender Kulturamtsleiter Robert Tiefenthal kommt bei Unfall in seiner Rumplinger Wohnung zu Tode.*« Er sah die Überschrift genau vor sich, vielleicht sogar mit einem Foto von ihm.

Robert fühlte sich mit einem Mal noch elender, doch man ließ ihm keine Zeit, seine Qualen genüsslich auszukosten. Zu kräftig drang ihm Carlas Stimme ins Ohr, die ihren alten Freund Perikles beschwor, für sie »ausnahmsweise« ein Auge zuzudrücken. Was Robert albern erschien, da alle Tische bis auf den letzten Stuhl besetzt waren und die meisten Gäste noch nicht einmal ihre Vorspeisen vertilgt hatten. Perikles wand, krümmte und verneigte sich tief. Er wirkte wie von einem schweren Schicksalsschlag getroffen.

»Madame Carla, ich reserviere Tisch für Sie, beste Tisch, neben Aquarium, für morgen oder Sonntag, nein, nicht Sonntag, da wir haben abends Ruhetag. Und heute ich gebe Ihnen Essen mit in Heißhaltebox. Ist ja nicht weit zu Ihnen. Gute Idee?«

Perikles kümmerte es offenbar nicht, dass von den ersten Tischen unwillige Kommentare zu hören waren. Dass man sich gestört fühle und sein Bier wolle. Robert erkannte das Künstlerpaar – Enrico und Barbara Rizzoli nannten sie sich –, das neben der Kirche ein Atelier für Keramik- und Steingutbüsten betrieb. Grässliches Zeug, das sie morgens um neun vor ihrem Haus platzierten, versehen mit einem handgeschriebenen Pappschild und dem Hinweis, dass es möglich sei, den Künstlern bei der Arbeit zuzusehen.

Keine Ahnung, dachte Robert, womit die ihre Laugenbrötchen verdienten. Oder gab es wirklich Leute, die für diese Steingutvisagen echtes Geld auf den Tisch legten? Robert hatte registriert, dass die Rizzolis ihn überfreundlich grüßten, wo immer er ihnen begegnete. Standhaft hatte er allen Aufforderungen widerstanden, sich im Atelier ein Bild von ihrer Arbeit zu machen. Im Lauf der Jahre entwickelte er eine Meisterschaft im Abwiegeln und Sich-Entschuldigen. Die, die sich für Kultur nicht interessierten, wunderten sich, dass man damit ein Auskommen fand, und die, die sich kultureifrig zeigten oder gar selbst Kunst produzierten, strichen ihm Honig um den Bart – so lange, bis er ihnen unmissverständlich erklärte, nichts, rein gar nichts für sie tun zu können.

Die Rizzolis schienen ernsthaft zu überlegen, an ihrem Tisch enger zusammenzurücken, doch ehe sie Perikles ihre Absichten erläutern konnten, entschied sich Carla für das Souvlaki-to-go-Paket.

»Und geben Sie mir für den Kleinen ein paar Pommes dazu. Robert, was möchtest du?«

Robert zuckte zusammen, er brauchte lang, bis er antwortete. Nein, die Vorstellung, Perikles und seine Helfer würden seinen Poseidon-Teller in eine Styroporwanne füllen und zusammenpressen, nahm ihm allen Appetit.

»Lass mal. Ich bin nicht mehr hungrig. Der Sturz ist mir auf den Magen geschlagen. Mir reicht ein Käsebrot zu Hause, wenn überhaupt. Die Schmerzen, Carla, du verstehst ...«

Den letzten Satz hatte er fast verschluckt. Zu detailliert wollte er die Tavernengäste nicht über sein Missgeschick informieren.

Zu Hause aßen Carla und Daniel ihre Spieße vor dem Fernseher mit hörbarem Genuss. Robert begnügte sich mit einem Dreikornknäckebrot, das er mit Streichkäse beschmierte. Obwohl seine Mutter ihm beigebracht hatte, das Wort »schmieren« in diesem Zusammenhang zu meiden. Unfein klinge das. Man bestreiche ein Brot. Am liebsten mit Teewurst.

Bissen für Bissen und irgendwie beleidigt beendete er sein spärliches Abendbrot, gab Frau und Kind einen Kuss und zog sich bald ins Bett zurück.

»Du weißt schon, Carla, mein Rücken. Hoffentlich bleibt da nichts zurück.«

Ihr Angebot, den geschundenen Körperteil und seinen Steiß mit Pferdesalbe einzureiben – einzuschmieren, dachte Robert –, lehnte er schroff ab. Gute Nacht.

Carla nickte ihm zu, ohne den Blick vom Fernseher abzuwenden. Sie goss sich Wein nach und sah das Blinken des Anrufbeantworters. Hoffentlich keine Kindergartenmutter, die sich beschwerte, oder die Krankmeldung einer Kollegin. Nein, es war ihre Schwiegermutter mit ihrem Tonfall, der keinen Aufschub duldete, nie.

»Hier ist deine Schwiegermutter, liebe Schwiegertochter! Bitte melde dich umgehend. Habe tolle Nachrichten für dich und für meinen Sohn, den du leichtsinnigerweise geehelicht hast.«

Unverkennbar Annemarie, dachte Carla. Was um alles in der Welt führte sie wieder im Schilde? Seit dem Tod ihres Mannes galten für sie die herkömmlichen Gesellschafts- und Benimmregeln nicht mehr. Klaglos hatten sie akzeptiert, dass Annemarie ein halbes Jahr auf Kreuzfahrt ging, dort mit einem viel jüngeren Webdesigner anbändelte, danach an einem Lehrgang im Bogenschießen teilnahm, sich als Model für Anti-Aging-Hautcreme ihre Rente aufbesserte, pausenlos die Lokalpresse mit Briefen eindeckte und sich natürlich für einen Käfer einsetzte, den der Stuttgarter Bahnhofsneubau ausrotten würde.

Carla hatte im Lauf der Jahre Übung darin gewonnen, sich Annemaries Selbstfindungsattacken gelassen anzuhören, während sich Robert jedes Mal aufs Neue aufregte. Dass seine Mutter sich früher nie für Tiere interessiert habe und dass ihm die Vorstellung, seine pazifistisch angehauchte Mutter schieße auf irgendwelche Objekte mit Pfeilen, Angst mache.

Wahrscheinlich, sagte sich Carla, hat sie einen neuen Liebhaber, den sie uns vorstellen oder übermorgen heiraten möchte. Es reichte, wenn sie davon in den nächsten Tagen erführen. Bis dahin konnte sich auch alles wieder geändert haben. Sie löschte die Nachricht.

Carla brachte erst den protestierenden Daniel und dann sich selbst ins Bett. Robert schlief wie ein Felsbrocken, der einen steilen Abhang hinuntergerollt war und das Liegenbleiben genoss.

6

»Ja, Frau Dörflinger, das war eine Ausnahme. Sie wissen doch, woher wir die Milchprodukte beziehen, alles Demeter. Nur ist heute der Lieferant ausgefallen, und wir mussten den Joghurt von jemand anderem besorgen ...«

Carla lächelte und verkniff sich alle Bemerkungen, die sie Romans Mutter gern an den Kopf geworfen hätte. Frau Dörflinger war nur eine von den vielen hochsensiblen Müttern und Vätern, die Tübingen in den letzten dreißig Jahren hervorgebracht hatte. Dabei hatten sie es doch geschafft, die Stadt in Beschlag zu nehmen, sogar den Oberbürgermeister stellten die Grünen inzwischen.

Wenn die Dörflinger wüsste, mit welch angewidertem Gesicht ihr göttergleicher Sohn im Kindergarten in seine fünffach geschroteten Brötchen biss und Carla von dem Körnerbrei erzählte, den er zum Frühstück aufgetischt bekam. Jeden Abend würde seine Mutter einen Körnermix aus der Dörflinger'schen Getreidemühle einweichen lassen und das sämige Mus am nächsten Morgen mit frischem Obst und Haselnüssen vermischen. Roman hatte Vertrauen zu Carla gefasst und erzählte ihr bereitwillig, was sich bei ihnen zu Hause abspielte. Der Architektenvater hatte für seine Lieben in Waldhäuser-Ost eines dieser ökologisch einwandfreien Holzhäuser gebaut, die rechte Winkel nur für die Sonnenkollektoren zuließen. Ab und zu schaute Romans Vater bei Elternversammlungen vorbei, quetschte sich unwillig auf eines der Kinderstühlchen und erklärte ausführlich, weshalb es im Grunde ein Unding sei, dass dieser Kindergarten nicht längst abgerissen worden sei, allein wegen der Asbestabsonderungen. Nach einer halben Stunde brauste er für gewöhnlich davon, nicht ohne den Hinweis, alles juristisch prüfen zu lassen und ihr, Carla Münzinger-Tiefenthal, alsbald Bescheid zu geben.

Demnächst, dachte Carla, als sie sich an Herrn Dörflingers letzte Tirade erinnerte, werde ich diesen Doppelnamen offiziell aufgeben. Robert und sie hatten ein paar Jahre zu früh geheiratet, damals, als es noch nicht erlaubt war, eine Ehe mit unterschiedlichen Namen zu führen. Auf keinen Fall hatte sie ihr Münzinger aufgeben wollen und dafür klaglos die Witze über Doppelnamenungetüme in Kauf genommen. Gab es früher nicht sogar eine Wintersportlerin, eine Biathletin, wenn sich Carla richtig erinnerte, die sogar einen Dreiernamen führte? Greiner-Petter-Mumm oder so ähnlich? Hoffentlich heiratete die nicht ein weiteres Mal.

Carla winkte Frau Dörflinger und ihrem Sohn hinterher und hätte am liebsten mit der linken Hand auf die winkende rechte geschlagen. Warum nur kam sie diesen aufgeschreckten Allesbesserwisserinnen, die Tübingen für den Nabel der Welterneuerung hielten, so entgegen? Vielleicht hätte sie die Stelle in Tübingen besser ausschlagen und nach Pliezhausen gehen sollen, wo die Uhren moralisch nicht so rigide tickten. Wenigstens ging Daniel in Rottenburg zur Schule.

Sie schloss die Tür des Kindergartens, besprach mit ihrer Kollegin Hanna – einer Bauerntochter aus Walddorfhäslach, die für die Erregungsschübe der sensiblen Ökoeltern nicht mehr als ein mattes Lächeln übrig hatte – den kommenden Ausflug in den Botanischen Garten, stapelte die Tische aufeinander und verzog sich ins Hinterzimmer. Die halbe Stunde gehörte ihr allein. Sie setzte die mattsilbrige Espressokanne auf die Herdplatte und freute sich über die einsetzende Ruhe.

Seufzend warf sich Carla auf das Flohmarktsofa und lauschte dem Blubbern der Kaffeemaschine. Sie fingerte in ihrer Handtasche nach dem Handy: Nichts Neues von Annemarie, die sicher schäumte, dass man sie nicht zurückrief.

Robert und Annemarie – das roch nach dauerhaften Konflikten, und in der Tat wäre das Verhältnis von Mutter und Sohn ohne Carlas geduldige Vermittlung längst zerstört. Annemarie hielt ihren Sohn für einen langweiligen Waschlappen. Natürlich widersprach Carla ihrer Schwiegermutter stets energisch, doch insgeheim sorgte auch sie sich um ihren Mann. Das Wochenende hatte er trotzig im Halbdunkel der Wohnung verbracht und über unsägliche Beschwerden geklagt. Keinen Schritt hatte er vor die Tür gemacht, sodass Carla sich Daniel und einen seiner Schulfreunde geschnappt hatte und ins Entringer Wildschweingehege aufgebrochen war – nicht ohne mit den Türen zu schlagen und ihrem gebrechlichen Gemahl beim Rausgehen zuzurufen: »Pass auf, wo du hintrittst, wenn du dich ins Klo schleppst!« Selbst ihr Versöhnungsangebot abends im Bett – »Du musst dich nicht bewegen, lass mich nur machen« – hatte er strikt abgelehnt.

Carla sah ihrer Zukunft mit diesem Mann skeptisch entgegen. Er – da musste sie Annemarie recht geben – führte sich manchmal wie ein Frühvergreister auf, dem das abgeschiedene Leben in Rumplingen nicht gerade gut bekam. Für den Eintritt in die Freiwillige Feuerwehr oder in die Butzenzunft war er leider ungeeignet. Wenn er zudem anfing, beim Sex zickig zu werden, würde sie die Koffer packen – dachte sie halblaut und war sich zugleich im Klaren darüber, dass sie nicht vorhatte, irgendwann irgendwelche Koffer zu packen. Die neuen Männer ihrer geschiedenen Freundinnen waren allesamt abschreckende Beispiele. Besseres kam nicht nach.

Immerhin hatte er sich heute wieder ins Amt aufgemacht, nachdem er die Woche mit zwei Krankheitstagen begonnen hatte. Carla hätte sich vor Lachen krümmen können, als sie Robert zugehört hatte, wie er Frau Heimerdinger, der Abteilungssekretärin, am Telefon die Ursache seines Leidens erläuterte: Beim Bau eines Holzschuppens sei ihm ein Latthammer erst auf die Füße und dann ins Kreuz gefallen. Er habe den Schmerz zu ignorieren versucht, aber die schweren Prellungen würden es ihm beim besten Willen nicht erlauben, den Tag sitzend im Amt zu verbringen. Die Blutergüsse, die könne sich Frau Heimerdinger gar nicht vorstellen. Mittwoch zur Sitzung über den Degenhardt-Brunzel-Nachlass sei er wieder da, irgendwie würde er das hinbekommen, vermutlich mit Medikamenten, notfalls reise er mit der Ambulanz an. Schließlich könne man das ja nicht dem Chef überlassen; um mit den Degenhardt-Brunzel-Erben zu verhandeln, bedürfe es des Fingerspitzengefühls.

Beim Bau eines Holzschuppens! Unmöglich, dass die welt- und lebenserfahrene Heimerdinger eine Sekunde lang geglaubt hatte, was Robert ihr da an Ammenmärchen auftischte. Man sah ihm von Weitem an, dass er nicht in der Lage war, aus Legosteinen einen simplen Quader zusammenzubauen.

»Carla, bist du noch da?« Hanna stürzte ins Hinterzimmer, wo sich Carla gerade ihren zweiten Espresso eingoss. »Die Mutter von Greta-Susann hat angerufen. Sie findet, dass zwei Aufsichtspersonen morgen beim Ausflug nicht reichen, das sei ihr zu gefährlich. Sie kommt aber gerne mit, um die Sicherheit zu gewährleisten.« Hanna prustete los, ehe sie mit ihrem Bericht am Ende war, und imitierte die Mimik, die Greta-Susanns Mutter, eine typische Spätgebärende, an den Tag legte, sobald das Überleben ihres verzogenen Balgs infrage gestellt schien. Ein Glück, dachte sich Carla, dass Hanna eine so bodenständige Person war und in solchen Situationen freudig davon erzählte, trotz welch lebensgefährlicher Umstände sie ihre Kindheit zwischen Mähdreschern und Häckselmaschinen in Walddorfhäslach überstanden hatte.

Carla richtete sich auf.

»Kein Problem, sag ihr Bescheid, dass wir uns über Verstärkung freuen und gern jemanden an unserer Seite wissen, der sich mit Greta-Susann abgeben muss, wenn sie sich auf den Boden wirft und mit Sand um sich schmeißt.«

Carla leerte ihre Kaffeetasse und fragte sich, was Annemarie diesmal im Sinn hatte. Eine Stürmung der Württembergischen Landesbank mit gleichgesinnten Pensionären? Die Einrichtung von Anti-Burn-out-Meditationsoasen in den Fußgängerzonen? Als Carla auf die Uhr sah, wusste sie, dass im Moment nicht die geringste Möglichkeit bestand, auf ihre Schwiegermutter zu reagieren. Daniel von der Schule, den Sommermantel von der Reinigung abholen und unterwegs beim Metzger Maultaschen für heute Abend einkaufen. Wie sie ihren Familienvorstand kannte, würde er vom ersten Arbeitstag nach seiner Rekonvaleszenz mit Sicherheit stark mitgenommen sein und Carlas Zuspruch brauchen. Danach blieb immer noch Zeit, Annemarie zurückzurufen.

7

»Mutter, hier spricht Robert, wir wollten dich zurückrufen. Melde dich, wir sind abends zu Hause. Auf Wiederhören.«

Typisch Mutter, dachte er, als er das Handy ausschaltete. Erst tat sie wichtig, und dann war sie nicht zu erreichen. Keiner der Umstehenden auf dem Reutlinger Bahnhof schien ihn zu beachten, fast alle telefonierten, trommelten auf ihren Handys herum oder hörten Musik.

Wenn nur der Zug endlich käme. Ja, ja, es war viel vernünftiger, mit der Bahn zu fahren, als sich jeden Morgen in die Autoschlange einzureihen, die sich von Rottenburg über Tübingen nach Reutlingen zog. Man kam nirgends mehr voran, und die Zahl der Verrückten, die ungestraft im Straßenverkehr ihr Unwesen trieben, nahm quasi monatlich zu. Ja, ja, es war unverantwortlich, sich allein in den Wagen zu setzen, anstatt eine Fahrgemeinschaft zu bilden. Robert wusste das, und er hatte auf Carlas Bitten hin Anstrengungen unternommen, sein CO_2-Gewissen zu beruhigen, und sich mit zwei Rumplingern zusammengetan, die bei einer Reutlinger Baufirma arbeiteten.

Sie trafen sich morgens um acht vor dem Alten Löwen,

der Perikles' Taverne neuerdings mit griechisch-schwäbischen Spezialitäten – Schupfnudeln mit Schafskäse – Kunden abspenstig zu machen versuchte. Doch schon nach wenigen Malen war Robert der Gesprächsstoff ausgegangen. Gewiss, wenn es um die Bundesligaergebnisse und die Chancen des VfB Stuttgart ging, konnte er mitreden, und auch die Unruhen in Nordafrika oder die Streiks der Fluglotsen wusste er zu kommentieren. Doch schon die Streitigkeiten um das Rumplinger Backhaus oder um die feierliche Einweihung des neuen Ziehbrunnens langweilten ihn. Seine Mitfahrer hingegen, alteingesessene Rumplinger, nutzten die ganze Strecke dazu, ihre verwandtschaftlichen Beziehungen durchzuhecheln und die Ursache so manchen Zwists bis ins 19. Jahrhundert zurückzuverfolgen.

Zum Glück saß Robert meistens hinten im Wagen, in einem Opel Astra, eine Marke, die Robert seit jeher scheußlich fand. Wahrscheinlich weil sein Vater leidenschaftlicher Opel-Fahrer gewesen war und diese Treue zu kultivieren begann, als seine geliebte Automarke in die Schlagzeilen geriet. Wenige Wochen nach Vaters Tod hatte Roberts Mutter den zwei Jahre alten Opel Zafira erleichtert verkauft und sich einen roten Golf GTI zugelegt.

Nach zwei Monaten hatte sich Robert mit fadenscheinigen Argumenten aus der Fahrgemeinschaft zurückgezogen und sich auf seine neuen, flexiblen Arbeitszeiten berufen. Wahrscheinlich fiel es seinen beiden Mitfahrern gar nicht auf, dass der Wagenfond plötzlich leer blieb. Fortan stieg er brav in den Zug, der fast immer überfüllt war und ihm schon morgens schwer erträgliche Körper- und Geruchskontakte bescherte. Was die Leute an Parfüm auflegten und wie stolz sie ihr Übergewicht zur Schau trugen. Robert verhielt sich unauffällig, und er sah unauffällig aus. Ein Jackett ließ sich nicht vermeiden, wenngleich im Kulturamt ein gewisses Laisser-faire gestattet war. Schließlich ging es um Kultur, um Freigeister und selbst ernannte Querdenker, von denen es sogar im Landkreis Reutlingen einige gab. Andererseits strahlten Sakko und Stoffhose Seriosität aus. Die Degenhardt-Brunzel-Erben sollten merken, dass es in der Kunst so ernsthaft wie beim Straßenbau oder bei der Ausweisung neuer Gewerbegebiete zuging.

Endlich im Zug. Für Anfang Mai war es erstaunlich schwül. Zu gern hätte Robert seine viel zu dicke Jacke ausgezogen, doch die junge Frau, die sich im engen Mittelgang des Zuges an ihn presste, ließ ihm keinen Spielraum, sich aus den Jackenärmeln zu winden. Er sah ihren breiten Nacken und ihr ausladendes Gesäß, das sie mit einer Art Leggings bedeckt hielt. Schweißtropfen sammelten sich an ihrem Haaransatz, und Robert schien es, als gäbe sie hechelnde Laute von sich. Ihr Oberschenkel ruhte in seinem Schritt. In Südamerika oder Japan, hatte er gelesen, war es üblich, dass sich Männer in vollen Bussen und Zügen an Frauen herandrängten, die Enge schamlos ausnutzten und sich an den hilflosen Frauen rieben, bis sie … nun ja …

Robert unterbrach seine Gedanken, erleichtert darüber, dass solche Exzesse in einem Nahverkehrszug zwischen

Tübingen und Rottenburg undenkbar waren. Diese Gegend besaß keinerlei erotische Aufladung, was sich auf ihn übertrug. Vielleicht sollten sie umziehen, in eine Stadt mit mehr sinnlichem Potenzial. Reutlingen und Tübingen kamen nicht infrage. Ob es in Deutschland Orte gab, die für ihn beruflich Verwendung hatten und gleichzeitig nach Sex rochen? Und nicht so wie diese Frau vor ihm, die nun ihre feiste Schenkelpartie zurechtrückte und ihm dabei einen Stoß versetzte. Empört wollte Robert aufjaulen und diesem Flusspferd seine Meinung sagen, doch er hielt inne, als er sah, wie sie aus dem Fenster stierte, zum Neckar hinüber und zur Wurmlinger Kapelle.

Robert gelang es, seine Körpermitte ein paar Zentimeter nach rechts zu wenden und so sein Geschlechtsteil mit dem linken Oberschenkel abzusichern. Dieser drückte sich nun jedoch unweigerlich an den Hintern der Dicken, die mit einem Mal aufsah und Robert fragend anblickte, als hätte er sich ihr unsittlich genähert und als sei sein Manöver kein Fall von klarer Notwehr.

»Können Sie nicht aufpassen? Oder machen Sie das mit Absicht?«

Ihre Augen fixierten ihn, ihr Busen bäumte sich unter dem Synthetikstoff auf und forderte die anderen Reisenden auf, sich des Falles anzunehmen. Robert misstraute seinen Ohren. Dachte diese Kuh, er wolle sie bedrängen?

»Mit Absicht? Sie schieben doch Ihren Hintern ständig in meine Richtung. Wohin soll ich denn ausweichen? Aus dem Fenster kann ich schlecht springen!«

Die Frau schien auf die Gelegenheit gewartet zu haben. »Was geht Sie mein Hintern an? Haben das alle gehört? Meinen Sie, ich hätte nicht gemerkt, wie Sie meinen Hintern seit Reutlingen anstarren? Sie haben sich extra hinter mich gestellt. Wo ist der Schaffner? Das ist sexuelle Belästigung!«

Robert verzichtete darauf, ihr die Unattraktivität ihres Hinterns zu veranschaulichen und sie darauf hinzuweisen, dass es in diesen Zügen schon seit Jahren keine Schaffner mehr gab und die auch nicht mehr so hießen. Es hatte alles keinen Zweck.

Wie er sich in solchen Augenblicken nach seinem Auto sehnte, seinem zwanzig Jahre alten Saab. Wie er sich danach sehnte, allein zur Arbeit zu fahren. Ohne einen Hintern in unmittelbarer Nähe außer dem eigenen. Morgen, ja, morgen würde er das tun, allen ökologischen Bedenken zum Trotz. Auch wenn die Zündung in letzter Zeit Probleme machte. Überhaupt fiel er mit diesem Auto auf. Im ganzen Efeuweg standen Neuwagen, Kombis oder SUVs. Mildenbergers hatten sich sogar einen Geländewagen gekauft, mit dem man, wie Herr Mildenberger jedem ungefragt erläuterte, mühelos bis hoch zur Weilerburg hinauffahren könne. Was jedoch verboten war.

Vermieter Renner gefiel dieser kastige amerikanische Wagen, dessen Stoßstangen jedem Ochsen Respekt einflößten. Robert hatte von seinem üblichen Posten hinter der Gardine beobachtet, wie er das Mildenberger'sche Gefährt tätschelte und insgeheim sicher überlegte, wie viel man dafür hinblättern musste. Roberts Saab hingegen traute er nicht über den Weg.

»Der verliert doch bestimmt Öl, der alte Bock?«, fragte Renner in regelmäßigen Abständen, wenn er Robert an seinem Abstellplatz abfing. »Fahren Sie den mal weg, damit wir die Ölflecken besser sehen. Wissen Sie, was die Gehwegplatten kosten? Die sind beste Qualität, und Sie lassen einfach das Motoröl runtertropfen. Wenn sich das nicht ändert, müssen Sie das Auto woanders parken oder mir alles ersetzen. Haben Sie verstanden?«

Robert versuchte sich in solchen Momenten nicht zu ärgern, was ihm mal besser, mal schlechter gelang. Er war sich sicher, dass die schwarzen Ölkleckse von den Vor- oder Vorvormietern stammten, doch die besten Erwiderungen auf Renners säuerliche Vorwürfe fielen ihm erst ein, wenn der sich längst umgedreht und seiner nächsten Immobilie drüben am Finkenweg zugewandt hatte. Zum Glück lebten auch dort Mieter, die es mit dem Ordnungssinn Renners nicht aufnehmen konnten.

Endlich Rumplingen. Pfeifend und quietschend kam der Zug zum Stehen. Robert würdigte die Fettleibige und ihre angriffslustigen Schenkel keines Blickes und hoffte darauf, dass sie nicht gleich den Notruf betätigte. Gut zwei Dutzend Menschen stiegen aus. Erstaunlich, dass der Zug überhaupt in Rumplingen hielt, an dieser notdürftig mit einem Wellblechdach und einem Papierkorb ausgestatteten Station. Einige der Fahrgäste kannte er vom Sehen, darunter den wunderlichen Alten, der am Ende des Efeuwegs wohnte und seinen Garten zu einer Müllhalde verkommen ließ. Rostige Badewannen, dreibeinige Gartenstühle, Badezimmerarmaturen aus der Adenauer-Zeit, wild wuchernde Topfpflanzen und Auspuffrohre lagen kreuz und quer über eine braunstichige Rasenfläche verstreut. Ortsfremde hielten das Durcheinander für zeitgenössische Kunst. Natürlich war dieser Schandfleck – Rechkemmer, jetzt fiel es ihm wieder ein, hieß der Verursacher – Gesprächsstoff in ganz Rumplingen. Eine Frechheit, eine Hygienegefährdung, eine Schande … Alle paar Monate stand Rechkemmers Gerümpelhalde auf der Tagesordnung im Ortschaftsrat, ohne dass die Beschwerdeführer Erfolge erzielt hätten. Rechkemmer, der aus einer uralten Rumplinger Familie stammte und in Rottenburg einen Altstoffhandel betrieb, kümmerte sich, wie er immer wieder lautstark ausrief, einen Scheißdreck darum, was andere von ihm hielten. Damit war für ihn die Sache erledigt. Bis zur nächsten Zuspitzung in ein, zwei Monaten.

Insgeheim bewunderte Robert diesen Rechkemmer. Er grüßte ihn mit einem unauffälligen Kopfnicken und verlangsamte seinen Schritt, bis sich die Mitaussteigenden in alle Himmelsrichtungen zerstreut hatten. Wie so oft schwankte Robert, welchen Weg er einschlagen sollte: nach rechts zwischen den Feldern und am Bahndamm entlang, sodass er bis zur Unterführung nur an zwei Höfen vorbeikam, oder geradewegs durchs Dorf beim Metzger Brunner und an der Kirche vorbei, was die Gefahr mit sich brachte, allen möglichen Rumplingern zu begegnen. Ortsvorsteher Störzer zum Beispiel, dessen Malerbetrieb zwischen Landstraße und Spritzenhaus lag.

Robert beschloss, den Arbeitstag mutig ausklingen zu lassen, und machte sich auf den Weg mitten durchs Dorf, gleichgültig, ob ihm die Metzgersfrau, die ahnte, dass Carla ihre Schinkenwurst und Koteletts manchmal anderswo kaufte, die Rizzolis oder Störzer auflauern würden.

Maultaschen würde es heute Abend geben. Carlas Mail hatte ihm Halt und Stärke gegeben. Aber bitte ohne Ei, hatte er zurückgeschrieben, womit der wichtigste Mailwechsel seines Arbeitstags einen würdigen Abschluss gefunden hatte. Und ob sie seine Mutter erreicht habe. Robert war so in Gedanken vertieft, dass er um ein Haar den grüßenden Renner überhört hätte. Der beugte sich aus einem Fenster des Hauses am Erlenweg, das er mit einem seiner zahllosen Brüder und seiner Mutter bewohnte, wahrscheinlich schon seit Hunderten von Jahren.

»Meinen Glückwunsch, Herr Tiefenthal. Damit ist allen gedient, oder?«, rief er zu Robert hinunter und zog an seiner Pfeife, ohne die man ihn selten sah. Glückwunsch? Warum? Was bedeutete das? Ehe er Renner fragen konnte, schloss sich das Fenster. Wozu um alles in der Welt wollte ihn sein raffgieriger, nach Maulwurfshügeln und nicht aufgekehrten Papierschnipseln Ausschau haltender Vermieter beglückwünschen? Robert konnte sich keinen Reim darauf machen und beschleunigte seinen Schritt. Carla wusste sicher eine Antwort.

8

Das sah nach Tumult aus, nach Veränderung. Nein, nicht auf Rechkemmers Grundstück, da war lediglich ein schäbiger, grüner Kühlschrank dazugekommen, dessen Tür offen stand und seinen Inhalt, ein Paar nicht minder schäbige Wanderschuhe, allen Passanten präsentierte. Nein, vor Roberts Haus rottete sich ein Volksauflauf zusammen. Ein Umzugswagen, ein rotes Auto, das nicht in die Straße gehörte, und Menschen, mehrere Menschen, die aufeinander einsprachen, ja lachten. Robert wollte sich verstecken, aber wo? Die Mildenbergers erkannte er, Bemmerers von nebenan, die ihre unerzogenen Hunde herumspringen ließen, zwei Möbelpacker, die im Begriff waren, die Plane ihres Wagens zu schließen, und Carla, keine Frage, die sich über das rote Auto beugte und mit jemandem zu sprechen schien. Da sah er einen Kopf aus der Fahrertür hervorschießen, eine blondierte Kurzhaarfrisur mit Strähnchen – so viel erkannte er aus der Entfernung –, eine Frisur, die ihm vertraut war, und die dazugehörige Frau: Mutter!

»Papa, Papa! Endlich kommst du. Die Oma ist da!«

Daniel schoss aus dem Inneren des Möbelwagens hervor, gerade noch rechtzeitig, ehe sich die Plane über seinem Kopf schloss. Er sprang Robert entgegen, der nicht wusste, ob er seinen Sohn oder die Menschentraube in Augenschein nehmen sollte.

»Papa, ist das nicht toll? Oma hat niemand was gesagt, nicht einmal mir.«

»Aber, Daniel«, entgegnete Robert mit einem Anflug von Unsicherheit, »du weißt doch, wie Oma Annemarie ist, sie kommt gern zu Besuch, ohne vorher Bescheid zu geben …«

Weiter kam er nicht. Carla brachte ihn mit einem Kuss zum Schweigen und raunte ihm ins Ohr: »Sag nichts. Du musst jetzt stark sein. Wir reden nachher.«

Zweiter Teil

1

Carla winkte ihrem Mann hinterher, der sich auf den Weg zur Bahnstation machte, wie an jedem Arbeitstag. Ein Luftkuss noch, Robert warf den Kopf zurück, sobald er das Gartentor der Bemmerers passierte. Eine automatisierte Bewegung, und sollten sie in Rumplingen wohnen bleiben, würde es Robert darin zur Perfektion bringen.

Sie hatte noch ein wenig Zeit; Daniel saß längst in der ersten Stunde, Mathematik. Sie war froh, dass sie in dieser Woche keinen Bringdienst hatte. Unten ging die Terrassentür auf, lautstark, als sei der Tag schon in die Gänge gekommen. Carla hätte die Sekunden zählen können, bis Annemaries kräftige Stimme sich erstmals mit einem »Carla, hast du Zeit? Ich muss Verschiedenes mit dir besprechen« bemerkbar machen würde. Schwiegermutter Annemarie verfügte über eine unbändige Energie, ihr verstorbener Mann, Roberts Vater, hatte ihr reichlich Geld hinterlassen, das sie – »Dem verschnarchten Bankberater habe ich erklärt, wo er meine Euros anlegen soll!« – unabhängig machte. Zudem besaß sie ein Häuschen, das sie inzwischen für gutes Geld vermietete. Sonst hielt sie nichts in Stuttgart. Aus Protest verlasse sie die Stadt, hatte sie dem Oberbürgermeister geschrieben, aus Protest gegen den neuen Bahnhof. Ihrem Enkel wolle sie nah sein, in einem Allgenerationenhaus fernab der Großstadt. Robert hatte dazu geschwiegen und sich daran erinnert, wie sehr sich seine Mutter früher über das Landleben lustig gemacht hatte. Ich lebe nicht Seite an Seite mit Kühen und Ochsen, das war ihr Credo gewesen. Seitdem sie als Kind im Urlaub von einem Walliser Rindvieh verfolgt worden war und sich zitternd in einem Misthaufen versteckt hatte. Nun aber schien die Liebe zur Familie stärker als die Abneigung gegenüber Kühen. Eine erstaunliche Wandlung.

AMT – Annemarie Tiefenthal – nannte man sie im Dorf, unfassbar. Nicht einmal zwei Monate hatte sie gebraucht, um Rumplingen aufzumischen und einen Bekanntheitsgrad zu erlangen, der den Roberts um ein Vielfaches übertraf. Sie ging auf einen Kaffee zu Mildenbergers, hielt in ihrer Handtasche Leckerlis für die Bemmerer-Hunde parat, las sich in die Dorfgeschichte ein, duzte die beiden Gastwirte, nahm sich vor, mit ihnen ein kulinarisches griechisches Solidaritätsstraßenfest zu organisieren, unternahm mit Daniel und seinen Freunden Schnitzeljagden bis zum Bühler Sportplatz und würde – daran zweifelte Carla nicht – demnächst Kontakt zur Freiwilligen Feuerwehr aufnehmen.

»Carla, hast du Zeit? Ich komm mal rasch hoch.«

Annemaries Wohnungstür schlug zu, und drei Sekunden später stand sie in Carlas Wohnung, setzte sich an den Esstisch und verlangte nach starkem Kaffee. Für die frühe

Stunde sah sie bestens aus. Ihr Kleiderschrank schien unendliche Tiefen aufzuweisen. Jeden Tag überraschte sie Carla und die Rumplinger mit anderen Outfits, die mit kühn zu dezent beschrieben wären. Ihr Sortiment an grellfarbigen Röcken war immens, dazu Blusen, die andere Frauen ihres Alters entrüstet von sich gewiesen hätten, und Hüte, die aus dem Nachlass von Königin Beatrix zu stammen schienen. Keine der Rumplinger Frauen trug jemals Hut, allenfalls verbarg man das Haar unter blauroten Tüchern, die man sich zur Not auch um den Hals binden konnte, oder, im Winter, unter Mützen, die vor allem praktisch und wärmend zu sein hatten.

»Carla, mein Engel, sind deine Männer schon aus dem Haus? Damit hat der Tag seinen ersten Höhepunkt erreicht! Obwohl mir Eberhard manchmal fehlt, er hätte ruhig noch ein paar Jährchen durchhalten können. Ich bin heute Vormittag mit dem Ortsvorsteher verabredet. Störzer macht auf gut Wetter und will mit mir das Griechenfest durchsprechen. Und dann soll es irgendwelche Geheimpläne mit unserer Bahnstation geben. Hast du da was gehört? Ich bin ja so froh, mich ins Dorfleben stürzen zu dürfen.«

Carla wusste, dass ihre Schwiegermutter nur halbherzig an einer Antwort interessiert war. Sie schenkte ihr zähflüssigen Kaffee ein und nickte bekräftigend. Letzten Freitag hatte Rechkemmers Frau beim Bäcker vor sich hin geschimpft und ausgerufen: »Wir brauchen kein zweites Gewerbegebiet!« Vielleicht ging es darum. Mit Sicherheit würde Annemarie bis zum Nachmittag alles in Erfahrung gebracht haben.

»Vorher fahre ich nach Reutlingen, esse eine Kleinigkeit und besuche deinen lieben Mann. Natürlich unangemeldet, damit die Freude größer ist. Er soll mir mal erzählen, was er – na, vermutlich seine Kollegen – im nächsten Jahr an Kulturprogramm auf die Beine stellen will. Vielleicht fällt da etwas für Rumplingen ab.«

»Bist du dir sicher«, warf Carla ein, »dass du bei Robert einfach so hereinschneien willst? Er mag das nicht, und er hat mit dieser Nachlassgeschichte viel um die Ohren.«

»Viel um die Ohren, mein Sohn? Dass ich nicht lache! Seitdem ich ihn kenne, klagt er über zu starke berufliche Belastungen. Weißt du noch, wie er seine erste Stelle in Waldshut bekommen hat, als Assistent des Landrats? Und wie er über die vielen Abendtermine gejammert hat, die Ausstellungseröffnungen zur Heimatmalerei gestern und heute und die ewigen Krämer- und Handwerkermärkte? Erinnerst du dich, wie uns Robert am Anfang fünf-, sechsmal die Reden vorgetragen hat, die er für seinen Landrat schreiben musste? Köstlich, aber für ihn eine völlige Überforderung. Es kann nichts schaden, wenn ich ihn auf Vordermann bringe. Das zahlt sich auch für dich aus. Die Leute halten ihn ja schon für meinen Mann, so schwerfällig, wie er durch die Straßen schleicht.«

Carla hütete sich, ihrer Schwiegermutter zuzustimmen, obwohl sie wusste, welch wunden Punkt Annemarie getroffen hatte. Seit deren Einzug hatte sich Robert noch weiter in sein Schneckenhaus zurückgezogen. Sie lächelte und fürchtete sich davor, wie es weitergehen würde. Annemarie lächelte nicht und machte Pläne, wie es weitergehen sollte.

2

Mehr als zwei Minuten hatte Annemarie nicht gebraucht, um die Verhandlungen zu ihrer Zufriedenheit abzuschließen. Zwanzig Euro für dieses Paar Ohrringe! Diese Wucherpreise könne sie Touristen abverlangen, falls sich solche nach Reutlingen verirren und ihren Laden betreten würden. Die Verkäuferin hatte geschnauft, halblaut »Italienische Handarbeit« vor sich hin gemurmelt, dann aber klein beigegeben, als Annemarie ihr vorschlug, zwei Paar Ohrringe – die roten und die schwarzen – für zusammen dreißig Euro zu nehmen. »Und dann«, fuhr sie fort, »schaue ich auch nicht aufs Kleingedruckte, wo sicher ›Made in Vietnam‹ steht.«

Mit den roten Ohrringen würde sie später beim Ortsvorsteher Punkte machen. Für ihren Sohn brauchte sie die nicht anzustecken. Sie schlenderte durch die Fußgängerzone, gab einer barfüßigen, wehklagenden Zigeunerin, die ihr Kind um sich gewickelt hatte, eine Handvoll Münzen, gestand sich ein, dass Reutlingen, wie sie selbst, in den letzten Jahren nicht schöner geworden war, und widerstand der Versuchung, sich in einem der Straßencafés ein Glas Crémant zu gönnen. Dafür war es definitiv zu früh, aber die richtige Zeit, ihren Sohn aufzusuchen, der sich um halb zwölf wohl noch nicht in die Mittagspause verabschiedet haben würde.

Sie flog durch die Drehtür des Rathauses. Der kahlköpfige Rentner am Empfang schrak hoch und raffte sich zu einem »Halt, halt, Sie können da nicht einfach durch. Wohin wollen Sie?« auf. Annemarie strahlte ihn an und gab ihm die Hand, ein Überraschungsangriff, der zumindest bei älteren Männern tadellos funktionierte.

»Mein Lieber! Sie haben mit Ihrer Wachsamkeit ja völlig recht. Schließlich könnte ich eine Selbstmordattentäterin sein, die Ihrem Oberbürgermeister an den Kragen will, oder?«

»Selbstmord? Attentat?« Der Mann am Empfang stand unwillkürlich auf und grapschte nach seiner Mütze. »Ich versteh nicht. Was haben Sie mit unserem OB vor?«

Annemarie griff wieder nach seiner Hand, tätschelte sie zart.

»Aber nein, Sie haben mich missverstanden. Ich möchte zu Herrn Tiefenthal, dem stellvertretenden Leiter des Kulturamts, ein völlig ungefährlicher Mann, wie Sie sicher wissen.«

Ihr Gegenüber fasste sich. Ein Besuch im Kulturamt, das war ein normaler Vorgang.

»Haben Sie einen Termin? Ich muss Sie auf jeden Fall anmelden. Wie heißen Sie?«

Annemarie fand, genug Zeit mit diesem Mann verplempert zu haben, und erläuterte, dass sie die Mutter Tiefenthals sei und ihren Sohn überraschen wolle, da sie sich jahrelang nicht mehr gesehen hätten.

»Vierter Stock, Zimmer 323, aber nehmen Sie nicht …«

Seine Warnung kam zu spät. Annemarie hatte sich bereits in den Paternoster geschwungen, obwohl eine rot umrandete Tafel darauf hinwies, dass dessen Nutzung ausschließlich Rathausmitarbeitern vorbehalten sei.

Wie ein junges Reh, dachte Annemarie, als sie im vierten Stock aus ihrer Kabine sprang und nach Roberts Büro Ausschau hielt. Anzuklopfen erschien ihr übertrieben, schließlich war sie seine Mutter, und so stürmte sie in Roberts Zimmer und stand zwei vor Schreck erstarrten Männern gegenüber, die ihr offenkundig hitziges Gespräch sofort unterbrachen.

»Mutter! Was …?«

»Nun beruhige dich, Junge, du solltest dir abgewöhnen, ständig dieses erschreckte ›Mutter!‹ auszustoßen, sobald du mich siehst. Möchtest du mich dem Herrn nicht vorstellen?«

Der Herr, ein übergewichtiger Endfünfziger, der sich seine wenigen verbliebenen Haarsträhnen wie ein löchriges Fischernetz über die Halbglatze gelegt hatte, war Roberts Vorgesetzter, Kulturamtsleiter Dr. Sebastian Hilfreich. Wie Annemarie von Carla wusste, hatte er eine mäßig erfolgreiche Karriere als Konzertpianist hinter sich und, da seine Frau aus einer Reutlinger Honoratiorenfamilie stammte, gerade noch rechtzeitig diesen einträglicheren Posten ergattert.

Die überraschende Konfrontation mit der Mutter seines Stellvertreters, mit dem er kurz zuvor in Streit geraten war, überforderte ihn ganz offensichtlich.

»Dann will ich nicht weiter stören, Herr Tiefenthal. Schön, dass Sie von Ihren Anverwandten Besuch bekommen. Und dazu während der Bürozeiten. Wenn es Ihre Zeit erlaubt, sprechen wir heute Nachmittag weiter. Die Causa Degenhardt-Brunzel duldet keinen Aufschub!«

Weg war er. Während Robert ihn nachäffte – »Causa! Wenn ich das schon höre!« –, machte Annemarie es sich in einem der beiden Sessel bequem. Sie sah sich um und sah wenig. Eine verblichene Fotografie zeigte eine Stadtansicht von Reutlingen, der Perle am Fuße der Schwäbischen Alb. Zwei Regale mit den üblichen Nachschlagewerken und vielen sorgsam beschrifteten Ordnern. Auf dem Schreibtisch lagen Stapel von Unterschriftenmappen und Klarsichthüllen mit Vorgängen.

»Mutter …« Robert wandte den Blick von der Tür ab, durch die Hilfreich entschwunden war. »Warum rufst du nicht vorher an? Ich stecke bis zum Hals in Arbeit. Hilfreich hat einen Anschiss vom Oberbürgermeister bekommen, weil Reutlingen in einem baden-württembergischen Kulturranking auf einem der hinteren Plätze gelandet ist, und den Anschiss hat er natürlich gleich an mich weitergegeben.«

»Mein armer Junge. Was hat es mit dieser Degenhardt-Brunzel auf sich? Das ist doch diese Lyrikerin, oder?«

Robert nickte und beugte den Kopf weit vor, als wären

ihm die gesammelten Degenhardt-Brunzel-Veröffentlichungen ins Genick gefallen.

»Hast du Zeit, Mutter? Dann erkläre ich dir die Sache.«

Er schloss die Augen und schilderte das, was sich für Hilfreich und OB Nägele zu einer »Causa« entwickelt hatte. Dieses ganze Getue um den Degenhardt-Brunzel-Nachlass! Kein gutes Wort fand Robert für deren Werk, das sich, wie es auf der Website der Stadt hieß, auf unterschiedlichsten künstlerischen Terrains bewege und ihr, der Dichterin, überregionale, ja europaweite Anerkennung eingetragen habe. Viel literarisches Erbe wies Reutlingen nicht auf, weshalb man so tat, als sei Elfriede Degenhardt-Brunzel eine große Nummer gewesen. Der Oberbürgermeister würzte seine Ansprachen, selbst vor der Industrie- und Handelskammer, mit ihren Gedichtzeilen, ja, er bestand darauf, dass Roberts Redeentwürfe regelmäßig auf die Degenhardt-Brunzel und ihren Lebensgefährten, einen Zwiefaltener Komponisten, der sogar noch unbedeutender war, eingingen. »Unsere Tradition stärken«, pflegte der OB zu sagen. Mit den Tübinger Geistesheroen, mit Hölderlin, Jens, Kuschel und Küng, könne man es in Reutlingen nicht aufnehmen, umso wichtiger, dass man sich als Wirtschaftsmetropole nicht auf das rein Ökonomische reduzieren lasse.

Robert war sich sicher, dass der OB, wenn er unter seinesgleichen war und Wein wie andere Wasser trank, kein gutes Wort über das vergeistigte Zeug der Degenhardt-Brunzel verlor, die zu Lebzeiten schon seinen Vorgängern auf die Nerven gegangen war. Carla hatte sich aus der

Stadtbücherei vor Jahren einen Degenhardt-Brunzel-Band mit Griechenlandversen ausgeliehen, die lautstark wehklagten, dass amerikanische Fast-Food-Ketten ihre Läden nun auch in Thessaloniki aufmachten. Das lasen die Tübinger gern, und die kulturbeflissenen Reutlinger rühmten sich damit, dass die Verseschmiedin bei ihnen wohnte. Der Degenhardt-Brunzel-Gefährte hatte Musik dazu gemacht, scheußliches Gefiepe, das die uralten Wurzeln der uralten griechischen Kultur einbeziehe. Die Degenhardt-Brunzel-Kinder hatten sich in einem halbseitigen Leserbrief darüber beschwert, wie nachlässig die Reutlinger Verwaltung mit dem Werk der großen Tochter umgehe. Seitdem schrillten im Amt die Alarmglocken. Und Robert treffe, fanden Hilfreich und Nägele unisono, die alleinige Schuld, denn er sei schließlich für die Literatur zuständig. Ob es denn nicht möglich sei, eine Grundschule nach Elfriede Degenhardt-Brunzel zu benennen oder wenigstens eine Leseecke in der Stadtbücherei?

Seit diesem Eklat kümmerte sich Robert wohl oder übel um die Degenhardt-Brunzel-Sippe, ließ sich zum Tee einladen und durfte tagelang in zwei muffigen Zimmern wühlen, die die Degenhardt-Brunzel schon zu Lebzeiten nachlasstauglich umgestaltet hatte. Dass sich das Marbacher Literaturarchiv dafür nicht die Bohne interessierte, stieß den Erben bitter auf. Diese Ignoranz, dieser Dünkel – das wäre früher in Marbach undenkbar gewesen. Robert gab sich zugewandt, obwohl ihm bereits nach wenigen Stunden klar war, warum das meiste des Degenhardt-Brunzel'schen Nachlasses aus unpublizierten Texten bestand, versehen mit dilettantischen Aquarellen und Holzschnitten, wie sie jeder Volkshochschulabsolvent zuwege brachte. Robert hatte sich dazu nicht geäußert und eine Aktennotiz nach der anderen geschrieben. Um ein Projekt zum Scheitern zu bringen, brauchte man nur auf dessen Unterfinanzierung zu verweisen. Geld für eine Dauerausstellung der Degenhardt-Brunzel-Notizen oder gar für deren wissenschaftliche Aufbereitung hatten die Reutlinger keines. Überdies hatte sie ihre Gedanken und Fragmente – alles an ihrem Werk schien Robert fragmentarisch – unglückseligerweise in angefressenen Heften aus grauem Umweltpapier verewigt, weshalb man mittlerweile Schwierigkeiten hatte, das vom Zerfall bedrohte Schwarz-auf-Grau zu entziffern.

Robert beschrieb seiner Mutter die angewiderten Gesichter der Haushaltsexperten, als Hilfreich erstmals den sechsstelligen Betrag erwähnte, der für dieses Vorhaben in den Etat einzustellen wäre. Allenfalls bei den Grünen gab es vermutlich Zustimmung, denn die Degenhardt-Brunzel und ihr Gefährte waren, wenn sich Robert richtig entsann, damals Seite an Seite mit Heinrich Böll & Co. nach Mutlangen gefahren, um gegen die Amiraketen zu demonstrieren. Selbstverständlich schlug sich diese Erfahrung in einem Sonettenkranz nieder, den Robert im Degenhardt-Brunzel-Wust gefunden hatte. Auf Mörike und dessen Märchen von der Schönen Lau hatte die Dichterin dabei Bezug genommen und die glimmenden Pershings mit dem

Strahl des Uracher Wasserfalls zum Schweigen gebracht. Ganz genau hatte Robert das nicht verstanden. Selbst dieser heldenhafte Einsatz würde den Finanzbürgermeister nicht überzeugen.

»Siehst du jetzt, Mutter«, schloss Robert seine Tirade, »was ich alles auszuhalten habe? Sei froh, dass du so ein sorgenfreies Leben hast.«

Annemarie schaute ihren Sohn mit Befremden an. Seine langatmigen Ausführungen über das schwierige Nachleben der Elfriede Degenhardt-Brunzel waren fast gänzlich an ihren Ohren vorbeigerauscht, lediglich eine Randbemerkung hatte sie aufhorchen lassen.

»Hast du diesen Band mit den Griechenlandgedichten irgendwo? Das würde mich interessieren.«

»Diese Akropolis-Sirtaki-Feta-Verse willst du lesen? Kannst du haben, Mutter, aus meinem bescheidenen Etat musste ich alle Werke anschaffen, die die Degenhardt-Brunzel jemals veröffentlicht hat, darunter teure, bibliophile Sachen. Ein echter Jammer.«

Robert stand auf und zog den Band so schnell aus dem Regal, als würde er jeden Tag darin lesen.

»Nimm ihn mit und lass dir Zeit, Mutter. Falls ich für den OB etwas Zitierfähiges brauche, habe ich noch die Degenhardt-Brunzel-Beschwörungen der untergegangenen römischen Kultur in der Hinterhand. *Sesterzentage* heißt der Band, glaube ich ... Aber weshalb, Mutter, bist du eigentlich gekommen? Hatte das nicht Zeit bis heute Abend? Warst du einkaufen?«

Annemarie schien sich nicht mehr an den Grund ihres Besuchs zu erinnern, steckte das Buch in ihre mit Zebrastreifen gemusterte Handtasche und stand abrupt auf.

»Schön war's, dich zu sehen, mein Junge. Ich habe viel zu erledigen und bin mit Ortsvorsteher Störzer verabredet. Denk daran, dass am Samstag das Rumplinger Sommerfest stattfindet. Da tanzen wir, was das Zeug hält. Euer verschlafenes Dorf muss endlich Fahrt aufnehmen! First we take Rumplingen, then we take Reutlingen – falls du verstehst.«

Robert blieb keine Zeit zu antworten. Seine Mutter sprach englisch mit ihm. Seine Mutter wohnte bei ihm im Haus. Seine Mutter traf den Ortsvorsteher. Seine Mutter wollte Lyrik der Degenhardt-Brunzel lesen. Er verstand die Welt nicht mehr.

3

»Was sagst du, Annemarie? Ich verstehe kein Wort.«

Carla beugte sich über den wackligen Holztisch zu ihrer Schwiegermutter hinüber, die seit einer geschlagenen Viertelstunde von ihrer Begegnung mit Ortsvorsteher Störzer berichtete. Die Stimmung im Rumplinger Festzelt hatte ihren Zenit überschritten; erste Auflösungserscheinungen zeigten sich. So wie jedes Jahr, wenn das große Sommerfest abgehalten wurde. Unter ihren Bänken breitete sich eine Bierpfütze aus, in der ein abgenagtes Hühnerbein schwamm. Drei Tage lang, dachte Carla, würde das noch so weitergehen. Drei Tage öffnete das Festzelt am Nachmittag seine Planen und zog, wie es im Ortsblatt stand, Gäste aus nah und fern an. Wir dürfen uns da nicht verschließen und müssen mittun, hatte sie zu Robert gesagt, der sichtlich erschöpft neben ihr saß und in ein Gespräch mit dem Ehepaar Rizzoli verstrickt worden war. Mythologische Motive … Das göttliche und das heidnische Erbe … Mehr als Wortfetzen verstand Carla nicht. Geschickt nutzten die Rizzolis die blendende Gelegenheit, um Robert ihr aktuelles künstlerisches Wirken zu präsentieren. Der hörte geduldig zu und griff alle zwei

Minuten nach seinem Weinglas. Das dritte Viertel Untertürkheimer Trollinger hatte er schon hinter und in sich.

»Ein Lärm ist das, unglaublich! Ich habe dir ja gesagt, Carla, dass ich Störzer in ein paar Minuten um den Finger wickeln würde. Nachhaltig müssen wir planen, habe ich ihm ins Ohr geraunt. Die Achthundert-Jahr-Feier nächstes Jahr sei *die* Chance, Rumplingen groß herauszubringen. Wahrscheinlich wittert er schon die Maleraufträge, wenn wir das Dorf herausputzen werden …«

Der Rest von Annemaries Erzählungen ging im Lärm unter. Auf der Bühne setzte die Ergenzinger Feuerwehrkapelle zum fünften Mal dazu an, die Stimmung mit *Sierra Madre del Sur* aufzupeitschen. Ein Lied, das in den Anden spielte und sich nicht nur zu Carlas Verwunderung zu einem Volksfestdauerbrenner entwickelt hatte. Die Kapelle gab ihr Letztes und schaffte es, den halben Saal zum Mitsingen und Mitschunkeln zu bewegen. Feuerzeuge blinkten auf, und Carla hörte den hellen Sopran ihrer Schwiegermutter, die ihren Sitznachbarn, der sich als Elektromeister Wimmer aus Rottenburg vorgestellt hatte, kurzerhand untergehakt hatte, mit diesem im Griff aufgestanden war und nun textsicher die junge Sängerin auf der Bühne unterstützte.

Carla spürte einen Stupser an ihrer Schulter. »Das ist ja nicht auszuhalten. Wie lange willst du denn noch bleiben?« Robert machte sich bemerkbar, nachdem die Rizzolis in Streit darüber geraten waren, welche ihrer Installationen sie ihm als Erstes zeigen wollten.

»Keine Chance, mein Lieber. Das hier ist Pflicht. Kür gibt es zu Hause. Deine letzten Tage waren anstrengend, ich weiß. Annemarie hat mir irgendwas von Ärger mit der Degenhardt-Brunzel erzählt. Aber meine waren auch kein Vergnügen. Daniel spielt draußen und fährt Karussell, und vor dem Highlight des Abends kommen wir nicht weg.«

Highlight? Robert hatte nicht die geringste Ahnung, wovon seine Frau sprach. Er drehte sich um, konnte keines erkennen. Ehe er weitere Erkundigungen einziehen konnte, unterbrach ihn ein Aufschrei, der sogar das einsetzende *Ein Stern, der deinen Namen trägt* der Feuerwehrkapelle übertönte.

»Herr Renner, wie schön, Sie zu sehen! Das ist ja eine tolle Stimmung hier, so ursprünglich, nicht zu vergleichen mit dem Cannstatter Wasen. Setzen Sie sich doch zu uns!«

Energisch schuf Annemarie zwischen sich und Elektromeister Wimmer Platz – »Sie entschuldigen, ja?« – und zog den sichtlich geschmeichelten Renner am Jankerärmel zu sich. »Da ist Platz, sehen Sie? Mein Sohn und seine Frau freuen sich auch.«

Carla lächelte Renner unbestimmt zu, während Robert sich umständlich erhob und seinen Vermieter mit Handschlag begrüßen wollte – eine Geste, die ins Leere führte, da in diesem Moment die Kellnerin dazwischenpreschte, leere Bierkrüge einsammelte und neue Bestellungen aufnahm.

»Noch einen Trollinger, bitte«, ächzte Robert. Carla verlangte nach einem Mineralwasser, Annemarie lobte das

Bier – Baisinger Spezial! – über den grünen Klee und stieß Renner in die Seite: »Sie trinken sicher eins mit uns, ja? Ich bin Ihnen so dankbar, dass Sie mir die Wohnung überlassen haben. Sie sind, lieber Herr Renner, ein Wohltäter der Menschheit. Unsere Familie ist seitdem aufgeblüht, endlich sind wir uns ganz nah. Stimmt's, Robert?«

Robert griff nach seinem Glas, das leer war. Zum Glück erwartete Annemarie keine Antwort von ihm. Sie hatte sich längst wieder Renner zugewandt und bahnte gleichzeitig einen Kontakt zwischen diesem und dem Rottenburger Elektromeister an, der seine anfängliche Verstimmung darüber, von dieser lebendigen Frau getrennt worden zu sein, rasch überwand. Annemarie nahm es mühelos mit den zwei Männern auf und verteilte ihren Charme gerecht. Den ungelenken Renner für sich einzunehmen war eine ihrer leichtesten Übungen. Der prostete Annemarie mit dem frisch eingetroffenen Bier mehrmals zu: »Auf Ihr Wohl, Verehrteste. Ich helf gern, wenn ich kann. Mit der Wohnung, mein ich. Ohne die Familie geht es nicht.« Er lachte vielsagend. Annemarie stimmte ihm zu und lachte mit.

»Ich muss mal, Mami. Und kann ich noch eine Limo haben?«

Daniel war ins Zelt gekommen und baute sich vor seiner Mutter auf, in der Hand eine dreckverklebte Vogelfeder.

»Was hast du denn da um alles in der Welt? Du sollst

doch keine Vogelfedern anfassen und schon gar nicht so eine schmutzige.«

»Aber, Mami, die gehört einer Heckenbraunelle, dem Männchen von einer Heckenbraunelle. Die fehlt noch in meiner Sammlung. Papa, willst du sie dir mal genau anschauen?«

»Sehr schön, Daniel, die seh ich mir zu Hause ganz genau an. Jetzt geh mal mit Mama zum Toilettenwagen, ich bestell noch eine Fanta für dich. Und danach, also nach dem … dem Highlight … gehen wir heim, es ist ja schon fast zehn.«

Carla, die Robert einen strengen Blick zuwarf, zog mit Daniel, der die Schenkel zusammenpresste, davon. Am Ende des Tisches wurden Teller mit halben Hähnchen abgeladen, eine Schale Pommes frites kippte um, Ketchup tropfte auf Roberts Hosenbeine, der das Unglück zu spät hatte kommen sehen. Er nahm eine Fritte, außen fettig und heiß und innen eiskalt, verbrannte sich die Zunge und nahm einen großen Schluck Trollinger.

Auf der Bühne verzog sich die Kapelle in den Hintergrund, während Ortsvorsteher Störzer ans Mikrofon trat. Er brauchte mehrere Anläufe, bis er sich Ruhe verschafft hatte und ihn nur noch vereinzelte Krakeeler unterbrachen. Eine Ehre sei es für ihn, für ganz Rumplingen, dass es gelungen sei, als Höhepunkt des Abends sozusagen einen Sänger zu verpflichten, der mit der Region auf besondere Weise verpflichtet, nein, verbunden sei. Ja, man habe im Ortschaftsrat überlegt, Namen aus Funk und

Fernsehen zu verbinden, nein, zu verpflichten, Roberto Blanco oder Tony Marshall zum Beispiel. Aber dann habe man überlegt, dass es ja um die Verpflichtung, nein, Verbundenheit mit der Heimat gehe, weshalb er sich wahnsinnig freue, einen Newcomer – das Wort bereitete Störzer Schwierigkeiten – am Schlagerhimmel zu einem Auftritt bewogen zu haben. Einen Mann aus der Politik, der sich entschlossen habe, seiner wahren Leidenschaft zu folgen – der neben seiner Frau, verstehe sich. Störzer wartete auf Lacher, er hatte das vorbereitet, es blieb still im Zelt. Und jetzt sei er aus dem fernen Reutlingen – wieder rührte sich nichts – eingetroffen.

Robert schreckte hoch, stieß an sein halb volles Glas und begriff, wer gleich auf der Rumplinger Bühne singen würde: Reutlingens ehemaliger Baubürgermeister Andreas Adler, der vor drei Wochen seinen Abschied aus der Kommunalpolitik angekündigt hatte. Schlager wolle er künftig singen und eine Berghütte irgendwo bei Mittenwald betreiben. Sogar die überregionalen Zeitungen hatten darüber berichtet. Robert hatte mit Adler selten zu tun gehabt, allenfalls wenn es darum ging, irgendwelche Skulpturen vor irgendwelchen unter Denkmalschutz stehenden Häusern zu platzieren, doch Adlers eigenwillige Methode, langwierige Sitzungen gelegentlich durch Gesangseinlagen zu würzen, galt als legendär. OB Nägele ließ ihm rätselhafterweise alles durchgehen, während sich die anderen im Rathaus das Maul zerrissen. Im Herbst würde es im Rathausfoyer ein Abschiedskonzert geben, Dieter Thomas Heck auf seine alten Tage hatte sich angesagt. Und einen Künstlernamen hatte der talentierte Baubürgermeister auch angenommen.

»Begrüßen Sie mit einem tollen Applaus, hier bei uns in Rumplingen, unseren Gesangsstar aus Reutlingen, begrüßen Sie Andy Eagle!«

Störzer war beim Reden ins Schwitzen gekommen, wischte sich mit einem karierten Taschentuch in Grün und Rot, den Farben Rumplingens, die Stirn und unternahm keine Anstalten, die Bühne zu verlassen, ohne Andreas Adler alias Andy Eagle in die Arme geschlossen zu haben. Der trug ein hellblau glitzerndes, weit aufgeknöpftes Hemd und eine goldgelbe Hose, zu der man früher Schlaghose gesagt hätte. Robert erhob sich, er schwankte ein wenig, um ihn herum waren alle aufgestanden. Annemarie, die der gerade vom überfüllten Toilettenwagen zurückkehrenden Carla »Ist der das Highlight?« zuraunte, klatschte in die Hände, setzte zu Bravorufen an und himmelte Vermieter Renner und Elektromeister Wimmer abwechselnd an.

»Andy Eagle, meine Herren, darauf muss man erst mal kommen. Überlegen Sie sich, unter welchem Namen Sie demnächst Karriere machen wollen!«

Renner sah sie verstört an, während Wimmer im Getöse ohnehin nichts verstand. Beide klatschten im Rhythmus des ersten Lieds, bei dessen ersten Klängen Ortsvorsteher Störzer unwillig abgetreten war.

Andy Eagles Gesangseinlage dauerte länger, als Robert vermutet hatte. Die Bierzeltbesucher hatten genug getrunken, um alles gut zu finden, was man ihnen vorsetzte. Anfangs staunten sie über den Auftritt des noch amtierenden Baubürgermeisters, doch schon nach zwei Liedern wunderten sie sich über nichts mehr. Robert sehnte sich plötzlich nach den Gedichten Elfriede Degenhardt-Brunzels und versuchte Andy Adlers Reimfolgen vorherzusagen. »Ich will es wagen … dein Herz werd ich fragen« … »Küss mich bis zum Morgen … wir kennen keine Sorgen« … »Ich zähle nur bis sieben … und fühl mich frei zu lieben«. Andy Eagle schrieb, das hatte Robert im *General-Anzeiger* gelesen, seine Texte selbst, ausschließlich in seiner Freizeit, wie er betonte. »Das Glück liegt ganz allein in deinen Augen … an deinen Lippen möcht ich saugen« … »Das Leben ist doch viel zu kurz … komm her, wir machen Kassensturz«.

Nach einer halben Stunde war Andy Eagle mit seinem Repertoire und seinen Kräften am Ende. Robert auch. Seine CDs seien am Ausgang erhältlich. Vermutlich selbst gebrannte, dachte er. Annemarie tänzelte um die Bierlachen herum, und wäre der Platz nicht so beengt und von Hühnerbeinen verstellt gewesen, hätte sie Renner oder Wimmer oder beide zum Tanz aufgefordert, keine Frage. Daniel lag im Arm seiner Mutter und schlief selig. Du glückliches Kind, dachte Robert und nutzte die Gelegenheit, um zum Aufbruch zu mahnen. Carla hatte auch genug, und selbst Annemarie widersprach nicht.

»Herr Renner, lassen Sie uns zusammen gehen, wir haben ja den gleichen Weg.«

Sie zog ihn mit sich und winkte Elektromeister Wimmer vergnügt zu: »Die Tage schaue ich mal bei Ihnen vorbei. Sie haben doch sicher noch alte Glühbirnen im Angebot?«

Was Wimmer lallend antwortete, konnte ein Ja oder ein Nein gewesen sein. Mühsam schleppte sich der Tross nach draußen, wo sich die ersten Bierleichen auf den Stufen zum Toilettenwagen breitmachten. Manche hatten es gar nicht erst bis dorthin geschafft. Robert trug Daniel. Wie schwer der Junge mittlerweile war und wie unsicher er auf den Beinen stand. Daniel schreckte kurz auf und verlangte im Halbschlaf nach seiner Heckenbraunellenfeder. Carla seufzte und lief zurück ins Zelt, um das begehrte Objekt zu holen. Weinkrämpfe mussten vermieden werden. Davon erlebte sie den Tag über im Kindergarten genug.

Annemarie ging mit Renner voraus, der sich um ein Haar bei seiner neuen Mieterin eingehakt hätte.

»Was für ein ungezwungenes Fest und was für ein Abend, mein lieber Herr Renner! Dieses Lied von der Sierra könnte ich pausenlos hören. Und dieser Eagle-Adler traut sich was, oder? Singen Sie auch?«

Renner beließ es bei einem unbeholfenen Auflachen und wechselte das Thema. Annemarie stutzte, als er umständlich erklärte, dass das vielleicht das letzte Rumplinger Dorffest gewesen sei, zumindest auf dieser Seite des Dorfs.

Bald würde hier kein Gras mehr wachsen, weil ... Bedauerlicherweise vollendete er seinen Satz nicht. Er schien zu merken, dass er Dinge erzählte, die er nicht erzählen durfte, die noch nicht spruchreif waren. Annemarie versuchte nachzufassen, doch als Robert, Daniel und Carla zu ihnen aufgeschlossen hatten, verstummte Renner endgültig. Mehr als ein dumpfes »Ja, ja« war nicht mehr aus ihm herauszubekommen.

Während aus dem Festzelt das Lied vom blau, blau, blau blühenden Enzian herüberschwappte, verabschiedete sich Renner an der Ecke zum Erlenweg. Der Rest zog weiter. Annemarie dachte nach, Daniel schlief friedlich, Carla war müde, Robert angetrunken und froh, den Abend, den Tag und die Woche überstanden zu haben.

4

Noch nie hatte Pfarrer Peralta ihr Haus betreten. Carla schüttelte die Kopfkissen auf dem Balkon aus und nickte dem Mann aus Uruguay zu. Vor neun Jahren war er als Aushilfe nach Rumplingen gekommen, und obwohl ihm die Einheimischen zuerst höchst misstrauisch begegnet waren, hatte er die Widerstände überwunden und bei allen einen Stein im Brett, nachdem er die Metzgersfrau quasi vor dem Feuertod bewahrt hatte. Bei der Taufe des Brunner-Sohns hatte sich die eifrige Metzgerin nicht beherrschen können und die Zeremonie in jeder Einzelheit und aus allen Winkeln fotografiert. Bis sie sich zu weit nach hinten beugte, ihr blonder Zopf in der Altarkerzenflamme baumelte und Feuer fing. Noch Jahre später sprach man im Dorf davon und lobte Pfarrer Peraltas Entschlusskraft, der kurzerhand das Taufbecken hochgestemmt und dessen Inhalt über das kokelnde Haar der Metzgerin geschüttet hatte. Im Gemeindeblatt wurde die Heldentat Santiago Peraltas gefeiert, und danach bot man ihm sogar eine anständige Wohnung an. Lange hielt sich das Gerücht, dass Frau Brunner ihm alle zwei Wochen ein Wurstpaket vor die Tür lege, im Sommer mit Kühlelementen geschützt.

Peralta grüßte Carla mit einem Lächeln. Ein gut aussehender Mann, keine Frage. Und nicht so blass wie die meisten Rumplinger Männer, die erst im Hochsommer ein wenig rote Farbe annahmen. Robert machte da keine Ausnahme, dachte Carla wehmütig und walkte das Kopfkissen kräftig durch. Natürlich wollte Peralta nicht zu ihr. Warum auch? In die Kirche gingen sie, Daniel zuliebe, nur an Weihnachten und Ostern. Er klingelte bei Annemarie, wo sonst.

»Grüß Gott, lieber Herr Pfarrer! Kommen Sie nur herein, der Espresso dampft schon. Mit Kräutertee geben wir beide uns nicht ab, oder?«

Mehr verstand Carla nicht. Annemaries lautes Stimmorgan schallte kurz durchs Treppenhaus, dann schloss sich die Tür. Wahrscheinlich wieder eine von ihren Geheimaktionen, die das Dorf seit ihrer Ankunft in Atem hielten. Nur während der Sommerferien hatte Ruhe geherrscht, als Carla, Robert und Daniel drei Wochen in einem dänischen Ferienhaus verbracht hatten, zum dritten Mal hintereinander, und sich Annemarie geweigert hatte, mit ihnen zu fahren: »Das mache ich, wenn ich achtzig bin. Ich bin auf Sylt und bereite den Herbst vor.«

Niemand wunderte sich mehr über Annemaries Vokabular. Den Herbst vorbereiten, eine Kampagne durchziehen, ein Rundmailing starten, die Mitglieder des Ortschaftsrats und des Rottenburger Gemeinderats mit Materialien versorgen, die Presse informieren. Annemarie Tiefenthal galt inzwischen als bekannte Aktivistin, und es wäre Carla nicht leichtgefallen, alle Betätigungsfelder ihrer Schwiegermutter aufzuzählen.

Seit dem Sommerfest herrschte Unruhe im Ort, ablesbar an einer Gereiztheit und Anspannung, die fast alle Familien erreichte. Der Streit zwischen den beiden Gasthäusern eskalierte, nachdem der Alte Löwe die Bierpreise gesenkt und Handzettel verteilt hatte, auf denen Niederdörfer, der Wirt, »original« griechische Speisen anpries. Woraufhin Mykonos-Chef Perikles lauthals verkündete, dass Niederdörfers Frau, die von der Insel Anafi stammte, vom Kochen keinen blassen Schimmer habe und bereits an der Aufgabe, Schafskäse zu überbacken, scheitere.

Dazu kam, dass die Sportgemeinschaft Rumplingen in die Kreisliga abgestiegen war und sich hartnäckig Gerüchte hielten, dass in Neckarnähe ein großes Gewerbegebiet erschlossen werde, da ein jordanischer Investor beabsichtige, seine Schraubenproduktion in den Landkreis zu verlegen, und Rumplingen als Standort beste Chancen besitze. Niemand wusste Genaueres, und selbst Annemarie hatte, wie sie Carla und Robert beleidigt erzählte, bislang keine Akteneinsicht erlangt. Obwohl sie den nervöser werdenden Ortsvorsteher Störzer ständig bedrängte und erste Kontakte zum Rottenburger Rathaus geknüpft hatte. Gegen die Zerstörung der Flussauen werde sie kämpfen, mit allen Mitteln. Daniel, der die Vertreibung seltener Vogel- und Käferarten befürchtete, hatte sie bereits auf ihre Seite gezogen.

Carla bewunderte ihre Schwiegermutter. Mit welcher

Energie sie die Dinge anpackte und vor nichts zurückschreckte. Womöglich war sie gerade dabei, die katholische Kirche zu ihrer Verbündeten zu machen. Santiago Peralta schwärmte für Papst Franziskus und hatte für profitgierige Schraubenfabrikanten sicher nichts übrig. Selbst Robert schien durch Annemaries Energieschübe aus seinem Dämmerschlaf erwacht und hatte im Urlaub, als der dänische Regen mal wieder gegen die Ferienhausscheiben trommelte, neue Ideen fürs Reutlinger Literaturleben entwickelt. Ein zur Region passendes Event müsse man realisieren. Allein die Erben der Degenhardt-Brunzel machten ihm weiterhin zu schaffen. Dazu war ihm selbst beim Grillen der bunten dänischen Würste nichts eingefallen.

Carla packte ihre Siebensachen. Mit dem neuen Kindergartenjahrgang ließ es sich gut an, wenngleich ein Elternpaar darauf bestand, alle Handtücher und Kuscheldecken auszutauschen. Reine Öko-Fair-Trade-Baumwolle müsse her – andernfalls würden sie ihre reizende Tochter Sarah-Lina sofort abmelden. Carla und ihre Kollegin Hanna hatten kurz überlegt, mit gefälschten Etiketten zu arbeiten, »Made on the Schwäbische Alb«.

Als sie die Balkontür schloss, sah sie, wie Annemarie und Pfarrer Peralta gemeinsam das Haus verließen. Die beiden verabschiedeten sich mit einer Herzlichkeit voneinander, als hätten sie soeben ein Armenprojekt in Uruguay finanziell abgesichert. Der Pfarrer entfernte sich, nicht ohne Annemarie zuzuwinken, die sich bereits dem Nachbarhaus zuwandte. Mittwochvormittag, stimmt, dachte Carla: Lesekreis bei Mildenbergers. Mit den Damen Bemmerer, Rizzoli und einer Forstangestellten aus Bühl, die Annemarie beim Yogakurs kennengelernt hatte. Was das sei, ein Lesekreis, hatte Renner Annemarie nach ihrer Syltrückkehr gefragt und sich offenbar vor der Antwort gefürchtet. Erst nach der Einladung, an ihren Daniel-Kehlmann-Lektürevormittagen teilzunehmen, hatte Renner auf weitere Nachfragen verzichtet und auf die Arbeit, die ihm seine Grundstücke machten, verwiesen. Man komme ja zu nichts. Vielleicht, dachte Carla, sollte sie sich überwinden und sich dem Kreis anschließen. Unschlüssig zog sie ihren Sommermantel über und sah sich in ihrer Wohnung um. Da hatte sie gedacht, ihr Leben mit Robert und Daniel sei wie in Zement gegossen, und plötzlich verschoben sich die Steine. Wenn nur nicht alles zusammenbrach.

5

Eine Schande. Eine Schande fürs ganze Dorf. Störzer lief wie ein vom Traktor angefahrenes Huhn zwischen Spritzenhaus und Metzgerei hin und her – er fasste sein Unglück nicht. Umgehend hatte er den Ortschaftsrat zusammengerufen, und ein paar Vertreter hatten sich, wenn auch murrend, eingefunden, um Störzers Leid zu teilen und sich mit ihm der Öffentlichkeit zu stellen. Für einen Samstagmorgen wirkte der Kirchplatz fast überlaufen; rund um den Ziehbrunnen versammelten sich die Rumplinger, die ihre Einkäufe in der Metzgerei und beim Bäcker erledigt hatten und auf dem Sprung nach Rottenburg oder Tübingen waren, um ihre obligatorische Shoppingrunde zu drehen, die für viele bei einem Latte macchiato endete.

»Ein anonymer Anruf!«, rief Störzer aus, der sich auf eine der Steinleisten des Brunnensockels postiert hatte, um den sich anbahnenden Volksauflauf besser im Blick zu haben. »Einen feigen Anruf habe ich heute Morgen bekommen. Wie im Fernsehen, mit verstellter Stimme. Das habe ich, liebe Rumplingerinnen und Rumplinger, sofort gemerkt. Man weiß ja, wie diese Gangster vorgehen.«

»Nun sag schon. Was hat der Verbrecher zu dir gesagt?

Will er dich als Geisel nehmen? Lass dir nicht jedes Wort aus der Nase ziehen!« Metzger Brunner wischte sich die Hände an seiner blutbefleckten Schürze ab. Es missfiel ihm, sein Geschäft am hellen, verkaufsträchtigen Samstagmorgen zu verlassen und seiner Frau anzuvertrauen, die sich mit dem Entbeinen von Keulen so schwertat. Zudem fand er sich kaum damit ab, dass man Störzer und nicht ihn zum Ortsvorsteher gewählt hatte. Einen Malermeister! Das hatte er dieser Frau Tiefenthal auch gesagt, als sie ihn im Kampf gegen das neue Gewerbegebiet um Unterstützung gebeten hatte. Wenn er damit Störzer eins auswischen konnte: gern!

»Manfred, alles zu seiner Zeit!« Störzer dachte nicht daran, seine Autorität untergraben zu lassen, egal, wie nervös er war. Er zerrte an seiner Weste, die er in der Eile falsch zugeknöpft hatte. Als der Anruf kam – er hatte schon vermutet, dass sich sein Geselle wegen irgendwelcher Krankheiten abmelden würde –, wollte er gerade seine Utensilien zusammenpacken, um zur Kirche aufzubrechen. Pfarrer Peralta hatte ihm den Auftrag verschafft, die Sakristei zu weißeln – eine schöne Samstagsbeschäftigung.

Unwillkürlich stellte Störzer sich auf die Zehenspitzen. Aus den Seitengassen drängten immer mehr Menschen zum Kirchplatz. In Gedanken war er damit beschäftigt, seinen Widersacher Brunner – einen Metzgermeister! – in die Schranken zu verweisen, als er Annemarie Tiefenthal um die Ecke biegen sah, einen großen Bastkorb schwenkend und ihren Enkel an der Hand. Störzer kniff die Augen zusammen. Die fehlte ihm noch. Allmählich wurde ihm diese Frau unheimlich, überall mischte sie sich ein und tat das so überzeugend, dass seine Rumplinger einen Narren an ihr zu fressen begannen. Apropos … selbst in der letzten Versammlung der Butzenzunft war sie aufgetaucht, als sei das nicht ein Gebiet, auf dem Zugezogene nichts verloren hatten. Wieland, der frisch gewählte Zunftmeister, gehörte mittlerweile auch zu den Tiefenthal-Fans, nachdem sie den Kontakt zu einem international geachteten Freiburger Professor hergestellt hatte. Der galt als Spezialist für Fastnachtsbräuche und hatte Annemaries Einladung, über die Kulturgeschichte der fünften Rumplinger Jahreszeit einen Festvortrag zu halten – das passende Fest würde sich finden –, freudig angenommen. Wenn das so weitergeht, dachte Störzer, während er fast vom Brunnensockel glitt, wählen sie die Tiefenthal bald in den Zunftrat, als Säckelmeisterin oder Zunftschreiberin.

Er unterbrach seine düsteren Zukunftsbetrachtungen und raffte sich auf:

»Liebe Rumplingerinnen und Rumplinger, ein Anschlag auf die Demokratie ist das! Der anonyme Anrufer hat mir gesagt, wahrscheinlich durch ein Taschentuch, das er um das Telefon gewickelt hat, dass er seine Botschaft – ja, Botschaft – an die Tür unserer Verwaltungsstelle gesprüht hat, mit roter Lackfarbe, an die Tür, die ich erst im letzten Jahr liebevoll und quasi zum Selbstkostenpreis neu gestrichen habe! Eine Botschaft …« – Störzer atmete schwer und streckte sich erneut und vergeblich – »… die, das sage ich, gegen unsere Zukunft gerichtet ist, gegen Fortschritt und Wachstum.«

»Himmelherrgott!«, verlor Brunner die Beherrschung. »Was will der Schmierer denn? Botschaft, wenn ich das schon höre, ich muss ins Geschäft, Hackfleisch machen. Wenn du, Erwin, nichts zu tun hast am Samstag, ist das nicht unser Problem. Red endlich!«

Ein paar Zuhörer klatschten zaghaft Beifall. Störzer versuchte sich zu konzentrieren und erklärte den murrenden Rumplingern, dass der Farbanschlag – er habe das zur Beweisaufnahme sofort mit dem Handy fotografiert – aus großen roten Buchstaben bestehe. *»Habt ihr eine Schraube locker? Finger weg von unserem Neckar, Finger weg von unserer Bahnstation!«* – das stehe da, und seine ersten Versuche, mit einem Wischlumpen die Tür zum Gemeindebüro zu säubern, seien gescheitert. Eine hartnäckige Farbe, offensichtlich aus Italien, da kenne er sich aus, mit hoher Deckkraft und schneller Trocknungszeit. Vermutlich würde es schwierig werden, sie so zu überstreichen, dass nicht Reste der Schandtat auf Dauer zu sehen sein würden. Und, fuhr Störzer fort, als sich unter den knapp fünfzig Gemeindemitgliedern bereits Unruhe ausbreitete, der Schmierer habe am Telefon weitere Aktionen oder wie er das nannte angekündigt. Dann habe er einfach aufgelegt. Störzer sah sich um, Zustimmung oder Mitleid erwartend, doch kaum einer kümmerte sich um ihn. Er sank in sich zusammen und raffte sich nicht einmal auf, als Annemarie Tiefenthal auf ihn zukam und sich neben ihn stellte. Mit ihrer kräftigen Stimme versuchte sie das Volksgemurmel zu übertönen und hätte Störzer um ein Haar vom Brunnenpodest geschubst.

»Meine lieben Freunde! Einen Moment Ruhe bitte. Was unser verehrter Ortsvorsteher da sagt, ist alarmierend. Rumplingen ist eine gespaltene Gemeinde, weil unser Ortsvorsteher hinter unserem Rücken mit den Rottenburgern verhandelt, er unser Dorf zu einem Versuchsobjekt macht und es den Spekulanten zum Fraß vorwirft. Wer hier eine Schraube locker hat, steht außer Frage. Es muss eine Ortsversammlung einberufen werden.«

Störzer hob protestierend die Arme, ließ sie aber gleich wieder fallen ... seine Stimme versagte.

»Jawohl!«, rief Metzger Brunner, der bereits auf dem Rückzug war, weil er, wie er hinzufügte, einen Ochsenschwanz zu zerteilen habe.

»Oma, was ist eine Ortsversammlung?«, fragte Daniel, der stolz an der Seite von Annemarie stand. »Will der Herr Störzer, dass die Bäume am Neckar alle gefällt werden und die Vögel keine Nester mehr haben?«

Störzer mühte sich vergeblich, zu Wort zu kommen. Annemarie Tiefenthals Forderung stieß hingegen auf breite Zustimmung. Woher die nur von den Bahnhofsplänen wussten? Er hatte nur seinen Stellvertreter eingeweiht, in die – wie er seiner Frau beim Abendessen mit gedämpfter Stimme zuraunte – höchst vertraulichen Unterlagen. Unterirdisch sollte die Bahnstrecke zwischen Rumplingen und Bühl künftig verlaufen. *Rumplingen 2020* hieß das streng geheime Projekt, das der jordanische Schraubenmann – Hassan oder Abdul, den Nachnamen konnte sich kein Mensch merken – zur Bedingung seiner Ansiedlung machte. Und das wäre nur der erste Schritt hin zu einem gigantischen Industriegebiet, das sich bis nach Tübingen erstrecken sollte.

Störzer, der still und heimlich von einer weit über Rumplingen hinausreichenden kommunalpolitischen Karriere träumte, spürte, wie die Stimmung umschlug, wie diese Tiefenthal und dieser Brunner, der besser in seiner Wurstküche bliebe, die Menschen, seine Rumplinger, aufwiegelten. Selbst die Renner-Familie hatte neulich Bedenken geäußert und die Notwendigkeit, die Bahntrasse unterirdisch zu führen, angezweifelt. Bei den zwanzig Zügen, die da am Tag entlangzuckelten. Von der Vernichtung einer Naturlandschaft hatte die alte Renner geschwafelt, während ihr Sohn, der ohnehin mit dieser Tiefenthal unter einer Decke steckte, nachfragte, ob die Pläne auch den Sportplatz beträfen. Natürlich, hätte Störzer ihm am liebsten ins Ohr gebrüllt: Was zählt der holprige Dorfanger, du Halbdackel, was zählt die Vereinsbaracke eines Kreisligisten, wenn es um die Zukunft Rumplingens geht? Und natürlich hatte er ängstlich geschwiegen und versucht die Gemüter zu beruhigen.

»Nun sagen Sie schon etwas, Herr Störzer, das ist Ihre Aufgabe!« Annemarie Tiefenthals Stimme behielt ihre schneidende Liebenswürdigkeit, das war eine ihrer Stärken, doch der aus seinen Gedanken gerissene Störzer wusste, was die Stunde geschlagen hatte.

»Ja!«, japste er. »Selbstverständlich werden wir alles in Ruhe bereden und eine Versammlung einberufen, ganz demokratisch. Alles zum Wohle Rumplingens, und nun wünsche ich euch allen ein schönes Wochenende.«

Ruckartig verließ er den Brunnensockel, ohne Annemarie und ihren aufmüpfigen Enkel, der natürlich nicht fehlen durfte, eines Blickes zu würdigen. Je schneller er sich davonmachte, desto besser. Peraltas Sakristei konnte warten, er musste sich um die Schmierereien kümmern. Je weniger Rumplinger das zu Gesicht bekamen, desto besser. Es gab viel zu tun.

Annemarie Tiefenthal schaute sich befriedigt um. Sie schlenderte zum einen und anderen versprengten Häuflein aufgebrachter Rumplinger und beruhigte den vor sich hin schimpfenden Rechkemmer, der damit drohte, seinen ganzen Schrott vor Störzers Haus abzuladen.

»Daniel, was hältst du davon, wenn wir beim Metzger Brunner Rinderhack einkaufen und heute Abend Hamburger machen, mit Pommes und viel Ketchup?«

Der Junge boxte seiner Oma vor Begeisterung gegen den Oberarm. So eine Großmutter hatte nicht jeder.

»Bekomme ich da eine Scheibe Gelbwurst auf die Hand?«

»Klar, Daniel, hier bekommt jeder, was er verdient.«

6

Seitdem er im Reutlinger Rathaus arbeitete, strukturierte Robert seine Tage aufs Genaueste. Wenn man wie er keine höheren Karriereziele verfolgte und einem der Gedanke an den vorgezogenen Ruhestand eher Freude denn Furcht einflößte, musste man am Arbeitsplatz die Balance zwischen Auffälligkeit und Unauffälligkeit halten. Es hatte keinen Sinn, mit übergroßem Eifer aufzuwarten, das schuf Misstrauen und verleitete die Vorgesetzten dazu, einen zu schikanieren, mit Akten einzudecken und sinnlose Konzeptpapiere einzufordern, für deren Realisierung am Ende ohnehin kein Geld da war.

Robert hatte schnell begriffen, wie er sich verhalten musste, um eine gewisse unaufdringliche Grundkompetenz auszustrahlen und gleichzeitig Kulturamtsleiter Hilfreich im Glauben zu lassen, diesem weit unterlegen zu sein. Dass Hilfreich sich gegenüber den Bürgermeistern und OB Nägele genauso verhielt, machte die Sache für Robert nur einfacher. Jeder wusste, was vom anderen zu halten war, ohne dass es ausgesprochen werden musste. Das sorgte für ein Gleichgewicht der Verachtung, das die Tagesarbeit erleichterte. Einen wie den singenden Andreas

Adler alias Andy Eagle bewunderte Robert insgeheim. Sich von dem zu lösen, was die anderen von einem erwarteten, das bedeutete Freiheit. Natürlich wäre es noch überzeugender gewesen, hätte Adler diese nicht dazu genutzt, grässliche Schlager zu trällern.

Vielleicht ja, dachte Robert, zählt meine Mutter auch zu dieser Sorte Mensch. Seitdem er sie täglich sah und fast täglich mit ihr sprach – was er seit seiner Schulzeit tunlichst vermieden hatte –, staunte er darüber, wie viel Energie in einem einzelnen Menschen stecken konnte. Daniel liebte seine Großmutter über alles und wich nicht von ihrer Seite. Ja, sogar Carla schien es zu schätzen, im Haus nicht nur auf ihren langweiligen Gatten zu stoßen. Was Robert provozierte. So leicht würde er das Feld nicht räumen. Noch konnte er seine Frühvergreisung verhindern.

Wie jeden Freitag räumte er seinen Schreibtisch sorgfältig auf. Nicht nur, damit es die Putzkolonne leichter hatte. Auch Hilfreich sah es nicht gern, wenn seine Mitarbeiter in Aktenordnern, Eckspannern und Klarsichthüllen erstickten und sich Bücher oder Prospekte auf dem Boden stapelten. Kultur braucht Ordnung, das war einer seiner Lieblingssätze, mit denen er regelmäßig bei ihren Terminen, die sogar in der Behörde Meetings hießen, aufwartete. Andererseits durfte der Schreibtisch nicht wie geleckt aussehen, das hätte Verdacht erregt. So ließ Robert zwei, drei Vorgänge aufgeschlagen liegen und drapierte ein Buch und ein paar Zettel mit unleserlichen Notizen daneben.

Zudem vermied er es, seine Bleistifte zu symmetrisch aneinanderzureihen. Er war ja kein Buchhalter.

Aus einer Laune heraus und um seinen Vorgesetzten zu verblüffen, hatte er Hilfreich leichtsinnigerweise für kommende Woche ein Konzept für ein bahnbrechendes Literaturevent in Reutlingen nebst Umland angekündigt. Einer wie Hilfreich entwickelte niemals eigene Ideen. Er ließ sich beraten, studierte im Internet akribisch, was sich seine Kollegen in vergleichbaren Städten ausdachten, modifizierte deren Projekte geschickt und gab sie als eigene, lang gereifte Überlegungen aus. Dass ein Mitarbeiter darauf bestand, ihm etwas Eigenständiges zu präsentieren, missfiel ihm offenkundig. Obwohl er gleichzeitig wusste, dass er das nicht von vornherein abbügeln durfte. Schließlich hatte Hilfreich, wie er nicht müde wurde zu erzählen, vor Jahren ein Seminar für Führungskräfte besucht, am Bodensee. Er hatte widerwillig an Rollenspielen teilgenommen, Cluster an Pinnwänden gebildet und sich als verständnisvoller Chef gegeben. Immerhin war es damals am Bodensee zu einem Seitensprung gekommen, wie Hilfreich im Zustand der Volltrunkenheit Robert bei einer Weihnachtsfeier offenbart hatte, mit einer Pilateslehrerin, die es zur Kulturbürgermeisterin in Heilbronn oder Baden-Baden gebracht hatte.

Bevor Robert sein Literatureventkonzept am Wochenende fertigstellen würde, wollte er seine Mutter um Rat fragen. Erstaunlich, dass es so weit gekommen war, aber Annemarie verstand es, die Leute um den Finger zu wickeln. So wie die beiden Gastwirte des Mykonos und des Alten Löwen, deren Dauerstreitigkeiten sie mit einer symbolischen Aktion aus der Welt schaffen wollte. Symbole sind das Wichtigste, hatte sie ihm eingeschärft. Was es damit im Detail auf sich habe, wollte sie ihm am Abend erläutern, bei einer fettigen Moussaka, die sie selbst zubereiten würde. Zwei Fliegen mit einer Klappe werde sie mit dieser Aktion schlagen, und auch Robert werde einen Nutzen daraus ziehen.

Was genau Annemarie damit meinte, war Robert nicht klar. Immerhin hatte sie ihn darum gebeten, ihr weitere Lyrikbände der Degenhardt-Brunzel mitzubringen. Daran mangelte es nicht – verblüffend, wie viele Verleger sich im Lauf der Jahre hatten breitschlagen lassen, die schütteren Verse herauszubringen. Robert griff nach den *Sesterzentagen* und einem mit Holzschnitten aufgemotzten, bibliophilen Bändchen, das kurz vor ihrem Tod erschienen war: *Zartes Windradrauschen. Natürliche Gedichte*. Dank seines zarten Umfangs passte es problemlos in Roberts Aktenmappe.

7

Ein Rottenburger Schreibwarenladen hatte die eigens zugeschnittenen Kartontafeln gestiftet, die jetzt im Atelier der Rizzolis darauf warteten, beschriftet zu werden. Systematisch sollten die dreihundert Meter, die Perikles' Taverne vom Alten Löwen trennten, mit blau-weißen Plakaten zugepflastert werden, und über der Straße würden wie sonst nur an Fastnacht blau-weiße Wimpel flattern. Anfänglich hatte Störzer Einwände erhoben und Bedenken des Ordnungsamts ins Feld geführt, doch die Entschlossenheit, mit der Annemarie und ihre Gefolgschaft auftraten, und die Angst vor der nahenden Ortsversammlung ließen ihn zurückstecken. Ja, in letzter Minute hatte er sogar versucht, die Aktion zu seiner eigenen zu machen, und sie im Ortsblatt und gegenüber einer Handvoll Lokaljournalisten als einzigartiges griechisch-deutsches Freundschaftsfest angekündigt. Dass Robert gegenüber Störzer den kulturellen Ertrag eines solchen Ereignisses betonte, tat sein Übriges. Wo alle Welt nur noch vom jordanischen Investor und der Zerstörung des Neckartals sprach, schadete es nicht, sich als Kulturförderer zu zeigen.

Annemarie Tiefenthal ließ Störzer gewähren. Solange

er ihr nicht in die Quere kam, konnte er sich aufspielen, so viel er wollte. Sie machte das Rizzoli'sche Atelier zu ihrem Hauptquartier, und die beiden Künstler fühlten sich geschmeichelt und verwandten alle Mühe darauf, die Kartons mit einem Rahmen in den griechischen Nationalfarben zu bemalen. Marcus Obernosterer, ein Grafiker aus Kilchberg, der mit den Rizzolis befreundet war, hatte sich wiederum bereit erklärt, die Texte in gut lesbarer Schrift auf die Kartons zu übertragen und mit einer regenfesten Schutzfolie zu überziehen.

»Herr Obernosterer – oder darf ich Marcus sagen? –, Sie müssen sich ranhalten. Heute Abend muss alles fertig sein, denn morgen früh hängen wir die Plakate.«

Annemarie war ganz in ihrem Element und dirigierte ihre Helfershelfer. Daniel saß beglückt neben ihr und füllte Säckchen mit den Schnipseln, die er in den Gemeindebüros eingesammelt hatte. Alle mussten ihre Locher leeren, und stundenlang hatte Daniel die obere Hälfte der runden, weißen Papierchen mit blauem Filzschreiber bemalt. Die durchsichtigen Tüten sollten zur Einweihung der Aktion »Hellas meets Rumplingen. Gedichte stiften Versöhnung« verteilt werden.

»Wie, liebe Annemarie, ist es Ihnen eigentlich gelungen, die beiden Sturköpfe zum Mitmachen zu bewegen? Perikles und der Niederdörfer sprechen doch seit Jahren kein Wort miteinander.« Wie viele im Ort wunderte sich Barbara Rizzoli über die überraschende Wende im Griechenstreit. »So ist diese Fehde endlich aus der Welt, und das Ganze ist irgendwie auch ein Zeichen, politisch, wenn ich das richtig verstehe. Rumplingen hilft Südeuropa … oder so.«

»Sie haben völlig recht. Die beiden Herren waren schnell zu überzeugen. Wenn's ums Geschäft geht, begräbt man das Kriegsbeil schnell, auch in Griechenland. Schließlich können sie das ganze Wochenende über ihre Spieße, Hackbällchen und Lammkoteletts verkaufen, die Bühler und Kilchberger Gaststätten werden sich schwarz ärgern. Ich rechne fest damit, dass sich das Leute aus dem ganzen Landkreis ansehen wollen. Einige Reutlinger werden sicher inkognito anreisen. Schließlich geht es auch um deren Degenhardt-Brunzel, die morgen gewissermaßen aus der Asche aufsteigt.«

Annemarie lächelte hochbefriedigt, während sie ein genaues Auge darauf warf, dass Obernosterer keine Schreibfehler unterliefen. Was für ein Glück, dass die Degenhardt-Brunzel sich jahrelang auf den Kykladen herumgetrieben und kaum eine Insel mit ihren rührenden Versen verschont hatte. Und so ein Schatz schlummerte in Roberts Büro, ohne dass je ein Reutlinger Hahn danach gekräht hätte. Annemarie hatte sich – auch wenn Robert ihr das zuerst untersagen wollte – direkt an Amtsleiter Hilfreich gewandt und ihn über ihre Pläne informiert. Eine Degenhardt-Brunzel-Lyrikaktion als völkerverbindende Geste! Hilfreich hatte offensichtlich nichts von dem verstanden, was Annemarie ausheckte, doch als sie ihm versicherte, dass damit für die Stadt keinerlei Kosten verbunden wären, strahlte er sie an und versprach, den Oberbürgermeister davon sofort in Kenntnis zu setzen.

»Und«, war Annemarie fortgefahren, sicher, dass sie Hilfreich damit den Rest geben würde, »mit den Erben habe ich auch gesprochen. Furchtbare Nervensägen, aber die Nichte hat vor Glück geweint, als ich ihr von den Rumplinger Aktivitäten erzählt habe. Ihre Tante habe die griechische Gastfreundschaft geliebt, das Licht, das antike Erbe … und so weiter. Ich habe zu allem genickt und die Genehmigung von ihr und ihrem Bruder bekommen. Beide wollen zur Einweihung der Gedichttafeln anreisen.«

Annemarie hatte die Häuserfronten, an denen die Plakate befestigt werden sollten, nach strategischen Gesichtspunkten ausgewählt. Sie war die Strecke mehrfach mit dem Auto abgefahren. Zum Glück wand sich die Landstraße so durch den Ort, dass man selten schneller als vierzig Stundenkilometer fahren konnte und so genug Zeit blieb, die Plakate zur Kenntnis zu nehmen. Daniels Freunde hatten den Auftrag, die Fußgängerampel in der Ortsmitte alle paar Minuten zu betätigen, sodass sich der Verkehrsfluss verlangsamen würde.

Zusammen mit ihrem Lesekreis hatte sie die griechischen Gedichte nach zitierfähigen Ausschnitten abgesucht, wobei Frau Mildenberger regelmäßig aufjuchzte, wenn sie einen passenden Vierzeiler fand, der Annemaries Anforderungen genügte. »Poetisch, nicht auf den ersten Blick verständlich und gern mit Natur« – so lautete die

Maxime, und am Ende durfte Robert, als Fachmann sozusagen, seinen Segen dazu geben. Überall hatte die Degenhardt-Brunzel Aufschreibwürdiges gefunden, und nach einer Weile fiel es Annemarie nicht schwer, die Gedankengänge der Reutlinger Altmeisterin vorherzusagen.

»›Aus dem Meer erschaffen sah dich, Rhodos, Poseidon selbst als Hüter. Wäre nur der Koloss gegenwärtig, um den Hibiskus vor unserem Wahn zu schützen.‹ – so heißt das, Marcus, nicht Wüter!«

Annemarie musste höllisch aufpassen, dass die Verse auf den Schildern stimmten. Andernfalls wären die Degenhardt-Brunzel-Erben peinlich berührt. Und der Reutlinger Studiendirektor Berninger mit Sicherheit auch. Dieser hatte sich telefonisch bei Annemarie gemeldet und als ausgewiesener Experte vorgestellt. Ein Leichtes wäre es für ihn, Kompositionen des Degenhardt-Brunzel-Gefährten auszuwählen, die man – unter seiner Dirigentschaft – in Rumplingen zur Aufführung bringen müsste.

Ohne zu zögern, wollte Annemarie ihn schon vertrösten. Lediglich sein Hinweis, dass es eine Beziehung zwischen der Degenhardt-Brunzel und einer Rumplinger Familie gebe, ließ sie aufhorchen. Dem musste sie bald nachgehen, wohingegen das mit den Kompositionen blanker Unfug war. Für den Samstagabend war eine gesellige Zusammenkunft vor dem Spritzenhaus vorgesehen. Da kam Metzger Brunner zum Zug, der sogar damit einverstanden war, die von ihm gestifteten Fleischküchle ausnahmsweise unschwäbisch zu würzen und als Keftedes anzubieten. Das sei, hatte Annemarie ihm erklärt, außerdem das Lieblingsgericht der Kanzlerin, was für ihn als CDU-Mann ein Ansporn sondergleichen sein müsse.

Dazu würde ein Rottenburger Kinderchor griechische Volkslieder zum Besten geben. Zumindest hatte dessen Leiterin versichert, dass es sich um solche handeln würde. Hauptsache, mit Sirtakiklängen. Lieber wäre es Annemarie natürlich gewesen, einen Gesangsstar aus Heraklion oder Piräus zu verpflichten. Melina Mercouri war tot. Lebte die Vicky Leandros noch und wo? Nana Mouskouri für einen Auftritt vor dem Spritzenhaus zu gewinnen durfte utopisch sein, sodass Annemarie dankbar für das Einspringen des Chors war. Singende Kinder, das brachte immer Sympathiepunkte ein.

Zufrieden blickte sie um sich. Obernosterer und die Rizzolis hatten gute Arbeit geleistet. Die Plakate mit den schönsten Mykonos-, Samos- und Kretaversen standen parat und tauchten das Atelier in ein blau-weißes Licht. Als Letztes hatte Obernosterer Zeilen übertragen, die die Sehnsucht der Zugvögel auf Folegandros besangen. Man hätte, dachte sich Annemarie, gleich ein Reisebüro ansprechen sollen. Griechenlandprospekte hätten reißenden Absatz gefunden.

»Auf geht's!«, rief sie. »Die Schülergruppen stehen bereit, um unsere Meisterwerke zu befestigen. Herr Renner wird sie beaufsichtigen, das hat er mir versprochen.«

Ja, der Renner. Wenn Annemarie Zeit gehabt hätte, hätten sich Sorgenfalten um ihre Stirn gelegt. Denn die

Besuche, die ihr Renner fast jeden Tag abstattete, gingen ihr auf die Nerven. Sein Vorschlag, gemeinsam mal ein Viertele zu trinken, in der Gartenwirtschaft, unterhalb der Wurmlinger Kapelle zum Beispiel, hallte unangenehm in ihren Ohren nach. Zum Glück blieb Annemarie keine Zeit, darüber länger nachzudenken. Erst musste »Hellas meets Rumplingen« ein voller Erfolg werden. Der Südwestrundfunk hatte sich angesagt.

8

»Wiederentdeckt: die Reutlinger Dichterin Elfriede Degenhardt-Brunzel, eine weitsichtige Fortschrittskritikerin.« Sowohl die Tübinger als auch die Reutlinger Presse berichteten ausführlich über das Rumplinger Ereignis, das aufgrund des milden Herbstwetters viele Neugierige angelockt hatte. Zum Glück hatten sich am Wochenende keine Katastrophen ereignet, sodass die Lokaljournalisten sich erfreut der Versöhnung der beiden verfeindeten Gastwirte widmeten. Ein Foto zeigte sie Arm in Arm. Perikles hatte, so hieß es, aber darauf bestanden, dass Niederdörfers Frau nicht auf dem Bild zu sehen war. In kurzen Stellungnahmen gaben beide an, möglicherweise ein Gericht – einen Spätzleschafskäseauflauf etwa – nach der Degenhardt-Brunzel zu benennen und ihre Speisekarten mit Gedichtzeilen zu garnieren.

Da Störzer lediglich über bescheidene Werkkenntnisse verfügte, hatten sich die Reporter auf Annemarie gestürzt, die bereitwillig über das hellenische Erbe im Degenhardt-Brunzel'schen Œuvre Auskunft gab. Selbst Hilfreich war interviewt worden. Entgegen seinem Naturell wagte er sich aus der Deckung und sprach von schweren Versäumnissen seiner Vorgänger, wenngleich man eine verzögerte Rezeption von Kunst oft nicht vorhersagen könne. Sein Stellvertreter Tiefenthal, ein intimer Kenner des Werkes, werde alle Hebel in Bewegung setzen, dass auch in Reutlingen die große Dichterin bald angemessen gewürdigt werde. Ein auf Regionalia spezialisierter Verleger aus Bebenhausen habe sich bereits gemeldet und Interesse an einer Werkauswahl geäußert, versehen vielleicht mit einem Nachwort von Inge Jens oder Hermann Bausinger. Küng ginge auch.

Annemarie genoss den Erfolg, den Teilerfolg, wie sie Carla gegenüber betonte. Am Vormittag würde sie im Regionalstudio des Südwestrundfunks Rede und Antwort stehen. Man hatte sie gebeten, in einer einstündigen Sendung über ihre Motivation zu reden.

Wie jeden Werktag schimpfte Carla über den Verkehr, der sich zäh wie Honig nach Tübingen hineinzog. Um Annemarie mitzunehmen, war sie eine halbe Stunde später aufgebrochen, was die Fahrt noch mehr verzögerte. Unglaublich, was für einen Rummel Roberts Mutter inszenierte. Noch zwei Tage nach der Plakataktion hatten sich Freundinnen bei Carla per SMS mit Kommentaren gemeldet, die sie beschämten: »Ist das deine Schwiegermutter, diese Tiefenthal?« – »Tolle Frau, machst du da auch mit?« Bislang hatte sie sich kaum um Annemaries Unternehmungen gekümmert. Ja, gewiss, ihr gefiel das neue Leben im Haus, ihr gefiel, wie Daniel an seiner Großmutter hing und welche Kontakte sich plötzlich zu den anderen Rumplingern ergaben. Doch worum es Annemarie eigentlich ging, war ihr schleierhaft.

Sie hupte. Wieder einmal hatte das Auto vor ihr es verpasst, schnell bei Gelb über die Kreuzung zu wischen. Stattdessen bremste die Schlaftablette scharf ab, und es würde wieder Minuten dauern, bis die Wagenkolonne aus Hirschau eingefädelt hatte.

»Was willst du denen im Rundfunk denn um Gottes willen erzählen? Worüber willst du mit denen sprechen? So viel machen die Plakate ja nicht her.«

»Keine Sorge, Carla. Das ist nur der Aufhänger. Die meisten denken, wie rührend, dass sich zwei halsstarrige Wirte miteinander versöhnen und dass eine Reutlinger Autorin, um die sich seit Jahren keine Menschenseele gekümmert hat, mal wieder ein paar Leser findet. Aber das ist nur der Anfang.«

Annemarie setzte ihr tückisches Annemarie-Lächeln auf, als gelte es schon jetzt, die ahnungslose Radiomoderatorin in die Falle zu locken. Eine Vorwarnung, die nur diejenigen verstanden, die sie sehr gut kannten. Eberhard, ihrem Gatten – »Gott hab ihn selig!« –, hätte sie damit nicht kommen können. Er hatte es sofort begriffen, wenn Gefahr im Verzug war und Annemarie einen trügerisch harmlosen Umweg einschlug, um an ihr Ziel zu gelangen.

»Nein, Carla, ich werde der reizenden Rundfunkfrau erzählen, dass unsere Aktion ›Gedichte stiften Versöhnung‹ nur der Startschuss ist. Der Anfang einer baden-württembergischen Großflächenkampagne. Vergessene Dichter gibt es in jedem Flecken, zur Not lässt man die Marbacher einige ausgraben. Dann macht man Tamtam, und sofort bekommen die Honoratioren ein schlechtes Gewissen und tun so, als ob sie sich für Literatur interessieren würden. Zum Zweiten aber, liebe Schwiegertochter, werden wir den Kommunalpolitikern Angst und Schrecken einflößen. Dieses Wir-zerstören-die-Welt-unserer-Enkel-Gestammel der Degenhardt-Brunzel geht einem ja gewaltig auf die Nerven, aber es passt mir im Moment ausgezeichnet in den Kram. Einen Moment …«

Während Carla nochmals hupte, um ihren Vordermann darauf aufmerksam zu machen, die Grünphase zu nutzen, kramte Annemarie in ihrer Handtasche und zog ein ramponiertes Schreibheft hervor.

»Das ist mein grünes Notizbuch, wenn du so willst. Mit den besten Versen der Degenhardt-Brunzel. Wenn ich mich anstrenge, zitiere ich das nachher im Sender auswendig, und dann können sie sofort eine Betroffenheitsmelodie spielen. Hör mal: ›Könnt ihr noch Wetterbuchen liefern? Einen unbegradigten Fluss? Mulden ohne schwelenden Abfall? Hänge ohne Betongeschwüre? Seitentäler ohne Gewinn?‹ Ist das nicht großartig? ›Seitentäler ohne Gewinn‹ – darauf muss man kommen! Das lasse ich gleich ins Jordanische übersetzen, damit unser Investor versteht, womit wir ihn in nächster Zeit schikanieren werden!«

Wäre Annemarie ein simpel gestrickter Mann gewesen, hätte sie sich vor Vergnügen auf die Schenkel geschlagen.

So lachte sie scheppernd auf und zerrte an ihrem Sicherheitsgurt, um besser Luft zu bekommen. Carla bewegte ihren Kopf unsicher hin und her. Sie verstand zu wenig von moderner Literatur, um sich über diese Wetterbuchenzeilen lustig machen zu können. Immerhin machte das Eindruck, wenn man diesem Hassan Sowieso und seinen Gefolgsleuten etwas entgegensetzte. Neulich hatte sogar eine Tübinger Kindergartenmutter angeboten, eine Sternwanderung nach Rumplingen zu organisieren, einen Demonstrationszug, der auf der Festwiese zwischen Sportplatz und Bahnstation enden würde. Wenn es hart auf hart käme, so die erfahrene Mutter, würde man in einen Hungerstreik treten oder sich nackt an das Schutzhäuschen am Bahngleis ketten. Carla staunte über diesen Ideenreichtum und stellte sich die Gesichter von Störzer und seinem Gefolge vor, wenn skandierende Tübinger Frauen in der Herbstsonne ihre Naturbaumwollkleider abstreifen und den Bahnverkehr blockieren würden. Annemarie erzählte sie von diesen Vorschlägen nichts. Wer weiß, womöglich wäre ihre Schwiegermutter begeistert und würde sich den Tübingerinnen sofort anschließen. Für eine Frau in den Sechzigern hatte sie eine Topfigur, wie sich Carla mit leichtem Neid eingestand. Annemarie nackt inmitten entfesselter Frauenscharen, die ihre Körper mit Protestparolen bemalten – das wäre Robert nicht zuzumuten. Obwohl er es in letzter Zeit fast zu genießen schien, mit einer zumindest in Rumplingen und Umgebung zur Berühmtheit aufgestiegenen Frau sehr eng verwandt zu sein. Rechkemmer hatte ihm sogar begeistert auf die Schulter geklopft und angeboten, seinen gesammelten Schamott zu Happeningzwecken zur Verfügung zu stellen.

Eine halbe Stunde später hatten sie endlich den Österberg erreicht. Alle Proteste Annemaries ignorierend – »Lass mich doch am Lustnauer Tor aussteigen. Wegen mir brauchst du keinen Umweg zu fahren« –, hatte Carla kräftig Gas gegeben und die letzten Straßenwindungen hinauf ins Landesstudio hinter sich gebracht.

»Mach's gut, Annemarie, aber übertreib es nicht! Sonst wollen dich die Leute noch als Ministerpräsidentin.«

Carla lachte lauter als ihre Schwiegermutter, die kerzengeraden Schritts auf den Eingang zusteuerte. Ehe Carla den Motor aufheulen ließ, sah sie, wie der Mann am Empfang von seinem Sitz aufsprang und seine Arme ausbreitete. Offenkundig war er darauf vorbereitet, eine bedeutende Aktivistin empfangen zu dürfen. Wie nur, fragte sich Carla, als sie das Gaspedal durchtrat, hatten das die Stuttgarter ausgehalten, damals, als ihre Schwiegereltern noch in Degerloch gewohnt hatten, wie nur?

9

Eva-Lisa Bartholdy winkte mit einer Handbewegung, die zeigte, dass sie es nicht gewohnt war zu winken. Allenfalls hob sie die Hand, um sich von Menschen zu verabschieden, eine Königin-Elisabeth-Geste. Alles andere lag unter ihrer Würde. Wie dieser Job in diesem piefigen Landesstudio, der in keinem Einklang mit ihren Ambitionen stand. Arte, 3Sat – das wäre das Mindeste, gemessen an ihrer Ausbildung und ihren Talenten. Stattdessen hatte sie der Baden-Badener Sender nach Tübingen verfrachtet, wo es abgesehen von respektablen Konzerten und prominenten Gastrednern der Universität nichts Besonderes zu vermelden gab. An den grünen Oberbürgermeister hatten sich alle längst gewöhnt, und die Hoffnungen, dass er in der Bundespolitik aufsteigen würde, waren ins Leere gelaufen.

Das Telefon klingelte. Plieninger, der Mann vom Empfang, klang noch aufgeregter als sonst.

»Sie ist da, Frau Bartholdy, ich meine, Ihr Gast, die Frau Tiefenthal, die ist jetzt da. Sie wissen schon. Da, da ist sie.«

Eva-Lisa Bartholdy fiel rechtzeitig ein, dass niemand in der Nähe war, den sie zum Empfang hätte schicken können. Der junge Praktikant trieb sich wieder irgendwo herum, anstatt ihr zur Hand zu gehen.

»Schon gut, Plieninger, sie soll kurz warten. Ich lasse sie abholen, nein, ich komme selbst.«

Mit dem Tag war nichts anzufangen, dachte sie. Und dazu diese verrückte Tiefenthal, die einen dazu zwang, in verstaubten Literaturlexika nachzuschlagen und Degenhardt-Brunzel-Rezensionen zu googeln. Anstatt Salman Rushdie oder Siri Hustvedt zu interviewen, musste sie sich die Tiraden einer wild gewordenen Großmutter anhören und die Gedichte einer Reutlinger Ökotussi lesen. Gestern in der Konferenz hatte ihr Studioleiter Wachinger eingeschärft, wie wichtig es sei, diese Annemarie Tiefenthal zu Wort kommen zu lassen. Die Lokalpresse habe den Ball aufgenommen. Da braue sich etwas zusammen, eine abgekartete Sache, der Rottenburger Gemeinderat halte verdächtig still. Man wittere wohl den großen Reibach, und diese Tiefenthal lege den Finger in die Wunde.

»Das, liebe Eva, ist eine Eins-a-Gelegenheit für uns. Je mehr Sie aus dieser Tiefenthal herausquetschen, desto besser. Das mit den Gedichten dieser Dingsbums-Bunzel müssen wir in Kauf nehmen. Aber da steckt mehr dahinter, glauben Sie mir.«

Wie immer hatte Wachinger den Finger in die Luft gereckt und damit einen Kreis beschrieben, der sich allmählich in eine Spirale verwandelte: »Eva, das ist Ihre Chance!«

Eva-Lisa Bartholdy hatte nicht widersprochen, ja so

getan, als sei ihr klar, welche Brisanz im Gespräch mit der Tiefenthal schlummere. Alle Einwände – hatte diese Frau jemals hinter einem Mikrofon gesessen, konnte man das live senden? – blieben ihr im Hals stecken. Sollten sie sehen, was sie davon hatten. Lange blieb sie in diesem Tübingen gewiss nicht. Die Unterlagen, die ihr Bastian Fürbringer, der neue Praktikant, auf den Tisch gelegt hatte, fasste sie mit spitzen Fingern an. Zwei griechische Gastwirte, Lyrik einer zu Recht vergessenen Provinzautorin, die nahende Achthundert-Jahr-Feier Rumplingens, viel Gemunkel über neue Gewerbegebiete und veränderte Bahntrassen, Graffitischmierereien und mittendrin eine Zugezogene, deren Sohn im Reutlinger Kulturamt saß. Eva-Lisa Bartholdy erinnerte sich an ihn, einen Mittvierziger mit grauen Schläfen, den sie bei zwei, drei Ausstellungseröffnungen getroffen hatte. Ein gut aussehender, zurückhaltender Mann eigentlich, vielleicht sollte sie *ihn* befragen, was es mit seiner aufgedrehten Mutter auf sich hatte …

Zwei Stunden später schwirrte Eva-Lisa Bartholdy der Kopf. Im Sender klingelte das Telefon im Halbminutentakt. Wachingers Sekretärin stürzte in ihr Zimmer, um ihr von der E-Mail-Flut zu berichten, die eingesetzt habe, kaum dass die Sendung mit Annemarie Tiefenthal gelaufen war. Noch nie hatte die Sekretärin, die irgendwo aus einem Kaff hinter Reusten kam, Eva-Lisa mit einem anerkennenden Wort bedacht, noch nie, doch diesmal hielt sie inne: »Frau Bartholdy, das muss man Ihnen lassen. Wie

Sie die Frau Tiefenthal zum Reden gebracht haben – großartig! Mein Kompliment.«

»Danke, Frau …« Leider war Eva-Lisa ihr Name mal wieder entfallen, was diesmal aber nichts ausmachte, da die Sekretärin auf dem Absatz kehrtmachte und das Büro verließ. Sie hörte, wie Wachinger etwas von unglaublichen Page Impressions über den Gang rief, ein Ereignis, das bei ihnen nicht alle Tage vorkam. Die Sendung hatte, daran bestand kein Zweifel, wie eine Bombe eingeschlagen. Annemarie Tiefenthal hatte ohne Punkt und Komma und doch so akzentuiert gesprochen, als wäre sie es seit jeher gewohnt, im Rundfunk Rede und Antwort zu stehen. Es war völlig gleichgültig gewesen, in welche Richtung Eva-Lisa das Gespräch hatte lenken wollen. Diese Frau war schneller, und nach einer Viertelstunde hatte sie fast freudig resigniert und nur ab und zu ein paar erstaunt klingende Nachfragen einfließen lassen. Die Regie musste die Klassikschnipsel zwischen den Interviewblöcken gewaltig kürzen, doch merkwürdigerweise regte sich niemand darüber auf.

Um den Schutz der Natur gehe es, um das Mitspracherecht der Bürger, um die Kontrolle ausländischer Investoren, die nur auf Subventionen und schnellen Profit aus seien, um Solidarität mit Griechenland, um die Vetternwirtschaft unter Lokalpolitikern, um den kulturellen Auftrag, um eine neue Form der Politik – Annemarie ließ sich nicht bremsen und verstand es, ihr Programm an den richtigen Stellen mit persönlichen Bekenntnissen einzufärben, kleine liebreizende Geschichten einzubauen, von ihrem ornithologisch interessierten Enkelsohn, von ihrem verstorbenen Gatten Eberhard, der behauptet habe, man müsse ihr noch im Grab den Mund verbieten, von der Narrenzunft in Rumplingen und einem unkonventionellen Politiker wie Andreas Adler alias Andy Eagle, von dem sich viele Sesselfurzer zwischen Rottenburg und Reutlingen eine Scheibe abschneiden könnten. Bei dem Wort Sesselfurzer war Eva-Lisa Bartholdy zusammengezuckt. Das in ihrem Sender.

»Die Rettung kommt von den Rändern« – damit hatte Annemarie, irgendeinen Philosophen zitierend, Eva-Lisa Bartholdy eine wundervolle Schlussformel geschenkt, mit der sie die Sendung beendete und zu einer Einspielung überleitete, die man im Archiv aufgefunden hatte: eine Zwiefaltener Aufnahme von Zwölftonmusik, eine unbeachtet gebliebene Komposition des Degenhardt-Brunzel-Lebensgefährten, die im Sender noch nie gelaufen sei, aber aus gegebenem Anlass …

Eva-Lisa Bartholdy stand am Fenster ihres winzigen Büros und blickte auf das dicht schimmernde, sich langsam rot färbende Blätterwerk des Österbergs. Ihr Handy vibrierte. Vermutlich wieder eine SMS von Freunden aus Baden-Baden, bis wohin sich der Erfolg des Interviews längst herumgesprochen hatte – normalerweise interessierte sich kein Mensch für ihre Sendungen. Sie würde dranbleiben, sie würde Robert Tiefenthal anrufen und nach Rumplingen fahren, noch an diesem Nachmittag. Ein einziges Mal war sie bislang dort gewesen, mit einem aufdringlichen Kollegen, in einer der griechischen Tavernen, die es innerhalb der letzten Tage zu lokaler Berühmtheit gebracht hatten. Bald würde auch die Stuttgarter Presse über die Sache berichten.

Sie schaute hinunter auf den Parkplatz, wo eine weiße Plastiktüte vom Wind hin und her getrieben wurde. Unten auf einer der beiden Bänke saß – ja, keine Frage, da saß eine gestikulierende Annemarie Tiefenthal, ins Gespräch vertieft mit dem neuen Praktikanten, mit Bastian, der eine ungeahnte Lebhaftigkeit an den Tag legte. Er schien ihr etwas auf seinem Laptop demonstrieren zu wollen, und Annemarie Tiefenthals Begeisterung war bis in Eva-Lisa Bartholdys Büro zu spüren. Da bahnte sich etwas an – sie versuchte vergeblich, die Reaktionen der beiden zu interpretieren.

»Eva, Eva!« Wachinger stürzte in ihr Büro, als sei ihm der Leibhaftige auf den Fersen. »Wir machen eine Sonderkonferenz. Aus dem Umweltministerium hat sich einer gemeldet, ein Referatsleiter, und aus der CDU-Zentrale auch einer, der sich heftig beschwert hat. Wieso wir dieser Aufwieglerin ein solches Forum böten und Arbeitsplätze gefährdeten. Ist das nicht wundervoll?«

Um ein Haar hätte Wachinger seine Mitarbeiterin in die Arme geschlossen, doch Eva-Lisa Bartholdy wich rechtzeitig zurück, sodass Wachinger seinen massigen Oberkörper ins Leere warf. Vielleicht war das ihre große Chance, und die wollte sie sich von Wachinger und Konsorten nicht nehmen lassen. Sie warf einen schnellen Blick hinunter zum Parkplatz, der sich geleert hatte. Falls Bastian nicht nur Annemarie Tiefenthal gegenüber den Mund aufbrächte, müsste sie mit ihm reden. Sofort.

10

»Oma nimmt mich zum Fußball mit!«

Daniel hüpfte schon den ganzen Sonntagvormittag durch die Wohnung und trug sein Deutschlandtrikot, das er zum Geburtstag bekommen hatte.

»Aber nur, wenn du deinen dicken blauen Pullover unters Trikot anziehst. Es ist kalt draußen, und auf einen Schnupfen können wir verzichten. Hast du verstanden?«

Carla schüttelte den Kopf, ohne zu wissen, worüber. Zu früh hatten sich die ersten Herbststürme angemeldet. Ehe man sich's versah, war Weihnachten, ein Fest, das ihr jedes Jahr Bauchschmerzen machte. Ihre Eltern, die es in den Norden nach Schleswig verschlagen hatte und die ungern verreisten, würden sich kaum über die Feiertage anmelden, aber konnte man ahnen, was Annemarie insgeheim an Weihnachtsideen ausbrütete? Dass sie neuerdings zum Fußball ging, zählte zu den vielen sonderbaren Entwicklungen der letzten Wochen. Annemaries Wohnung hatte sich zu einer Anlaufstelle für Hinz und Kunz entwickelt. Ständig klingelte es, mal Pfarrer Peralta, der in seinem Gemeindebrief seinen üblichen Erntedankappell zum Schutz der Schöpfung in diesem Jahr sehr konkret gehalten und auf die gefährdeten Neckarauen bezogen hatte, mal Renner, der irgendeinen Grund vorschob, um Annemarie den Hof zu machen, mal einer der Ortschaftsräte, die sich heimlich ins Haus schlichen, damit ihre Kollegen nichts von ihren konspirativen Treffen mit Annemarie mitbekamen. Als ließe sich in Rumplingen auf Dauer irgendetwas verheimlichen.

Nach der Narrenzunft der Fußball! Daniel war selig, dass er mit seiner Begeisterung für den VfB Stuttgart endlich auf offene Ohren stieß. Carla und Robert zählten zu den Schönwetterfußballfans, die allenfalls bei Europa- und Weltmeisterschaften ein gewisses, nicht zu heftiges Interesse für diese Sportart aufbrachten. Zum Glück hatte Daniel Klassenkameraden, mit denen er sich intensiv austauschen und die Chancen des VfB, aus dem Tabellenkeller nach oben zu kommen, abwägen konnte. Und nun seine Großmutter, die als ehemalige Stuttgarterin ihn mit Insiderinformationen versorgte, von den herrlichen Zeiten erzählte, als die VfBler sogar deutscher Meister geworden waren, und ihm versprochen hatte, ihn demnächst zu einem Bundesligaspiel nach Stuttgart mitzunehmen.

Seit einiger Zeit ließ sich Annemarie kein Heimspiel der SG Rumplingen entgehen, obwohl diese Gurkentruppe, wie Robert zu sagen pflegte, mittlerweile in der Kreisliga kickte. Letzte Woche waren Annemarie und Daniel sogar zum Auswärtsspiel nach Bodelshausen gefahren, und heute stand irgendein wichtiges Heimspiel gegen wen auch immer auf dem Programm. Alle Versuche,

Daniel stattdessen einen Besuch im Rottenburger Hallenbad schmackhaft zu machen, waren fehlgeschlagen.

»Mami, wir gewinnen heute. Oma ist sich ganz, ganz sicher. Da muss ich unsere Mannschaft doch anfeuern.«

Wahrscheinlich würde man Annemarie auf dem Dorfplatz bald einen roten Teppich ausrollen. Seit ihrem Rundfunkauftritt war sie nicht nur im Dorf eine große Nummer. Das *Schwäbische Tagblatt* hatte sie mit Farbfoto porträtiert, während im Reutlinger Lokalblatt neuerdings in jeder Wochenendausgabe ein Gedicht der Degenhardt-Brunzel veröffentlicht wurde, ausgewählt von, wie es hieß, ihrer verdienstvollen Wiederentdeckerin Annemarie Tiefenthal.

»Robert, gehst du mit zum Fußball? Dann koch ich mittags nichts, wenn euch Annemarie eine rote Wurst spendiert, aber kein süßes Limonadenzeugs für Daniel bitte!«

»Nein, nein!« Robert schnellte aus seinem Sessel hoch. »Ich muss für nächste Woche etwas vorbereiten, die Rundfunksache. Du erinnerst dich, das Event, darüber wollen die jetzt berichten. Hilfreich wartet auf eine Dokumentation und mein Strategiepapier.«

Strategiepapier? Carla wunderte sich, was für Wörter Robert neuerdings verwendete.

»Ich dachte, wenn du nicht mit zum Bolzplatz gehst, machen wir wenigstens einen Spaziergang ins Bühler Tal oder so. Bewegung könnte dir nicht schaden.«

Carla fiel auf, dass sie mehr zu sich selbst als zu Robert

sprach, der sich wieder in seinen Sessel verkroch und sich hinter der Sonntagszeitung versteckte. Wann hatte sich Robert jemals am Wochenende mit Behördenkram beschäftigt? Eine Frau vom Tübinger Rundfunk, die, die Annemaries Weltruhm befördert hatte, rief ihn seit Kurzem regelmäßig an. Robert hatte ihr davon erzählt, ohne deutlich zu sagen, was diese Frau von ihm wollte. Sie kannte ihren Mann gut genug, um zu spüren, wenn er mit etwas hinterm Berg hielt. Um das Zusammenspiel von Literatur und Politik gehe es, um ein neues Aufbegehren der Bürger, die die Schnauze voll hätten. Erstaunlich, wofür sich Robert plötzlich interessierte. Annemarie und er hockten alle naslang zusammen, um dieses und jenes zu bereden.

Nie zuvor hatte sich Robert um Dorfangelegenheiten gekümmert. Auf Carlas Nachfrage hatte er bloß gesagt: »Wir müssen die Ortsversammlung vorbereiten. Störzer, der Rottenburger OB und der jordanische Investor hecken irgendetwas aus. Annemarie meint, wir Rumplinger müssten auf der Hut sein.«

Den Namen der Rundfunkmoderatorin hatte sich Carla nicht gemerkt. Solange die Robert wenigstens am Wochenende verschonte. Aber vielleicht schickte sie ihm ja SMS? Carla sah hinüber zu Roberts Sessel. Beackerte er in Wirklichkeit sein Handy, während er so tat, als würde er angestrengt den Kulturteil der Zeitung lesen?

»Mami! Mami! Kannst du mal zuhören? Ich finde den blöden Pullover nicht. Und ich mag den sowieso nicht anziehen, weil ich dann mit meinem Trikot so aufgeblasen aussehe, wie ein Frosch. Die Bundesligaspieler tragen auch keinen Skipullover unter ihrem Hemd, oder?«

Carla starrte ihren Sohn an, der offensichtlich schon seit einiger Zeit vergeblich versucht hatte, die Aufmerksamkeit seiner Mutter auf sich zu ziehen.

»Ja, Daniel, morgen ist Bastel-AG, wie jeden Montag, bis Weihnachten …«

Daniel kratzte sich am Kopf und sah seine Mutter verständnislos an. Er hakte nicht nach, offenbar bereit, mit ihr Nachsicht zu üben.

»Ich geh schon mal runter zu Oma und schau mir ihren Vogelatlas an. Mach dir keine Sorgen.«

Mehr als hundertfünfzig Zuschauer kamen selten zu den Rumplinger Heimspielen. Wenn man Glück hatte, brachten die Gäste eine Handvoll Schlachtenbummler mit. Warum sollten auch mehr Leute kommen?, dachte sich Annemarie und nahm demonstrativ ein paar Meter neben der Trainerbank der Heimmannschaft ihre Position ein. Wie immer hatte sie sich beim Betreten des Sportplatzes – ihn ein Stadion zu nennen wäre heillos übertrieben gewesen – Zeit gelassen, nach links und rechts gegrüßt, langsam ihre vier Euro auf die wacklige Holzleiste der Eingangsbude gelegt und Daniel mit ein bisschen Kleingeld zum Getränkeausschank geschickt. Mittlerweile kannten sie alle, die bei der SG Rumplingen etwas zu sagen hatten, mit Namen. Fast der ganze Ortschaftsrat nahm irgendwelche ehrenamtlichen Funktionen wahr.

Annemarie hielt sich an der schiefen Stahlrohrbrüstung fest und sah mit leisem Ekel auf das platt getretene Grün, das mehr einem schlammigen Braun glich. In den Strafräumen hatte der Rasen sein Wachstum vor Jahren eingestellt. Kaum ein Torhüter wagte es, sich diesem Boden in kurzen Hosen zu stellen.

»Frau Tiefenthal, schön, Sie zu sehen. Das Spiel wollen Sie sich nicht entgehen lassen, oder? Die Belsener sind zu schlagen, was meinen Sie? Auch wenn unser Mittelstürmer verletzt ist.«

Annemarie nickte Störzer und seiner Frau freundlich zu. Seit ein paar Spielen musste die mitkommen, obwohl sie eine Eckfahne nicht von einem Geschirrtuch unterscheiden konnte. Offensichtlich wollte er Annemarie, die dem Verein zum Saisonbeginn gleich einen Satz neuer Trikots ausgegeben hatte, das weibliche Feld nicht allein überlassen. Von der anderen Seite näherte sich Metzgermeister Brunner mit den Herren Renner und Mildenberger im Schlepptau. Alle gruppierten sich um Annemarie, die vorsichtshalber ihren Schirm aus der Handtasche zog. Von Wurmlingen her braute sich ein Unwetter zusammen, was die Qualität des Spiels nicht steigern würde.

»Spielt denn Spiros wieder? Sonst haben wir keine Chance.« Annemarie hatte sich den Sommer über mit den Vorzügen der Rumplinger Spielergrößen vertraut gemacht. Die meisten wohnten im Dorf, zwei Tübinger Studenten hatten sich dem Verein angeschlossen. Das Fußballspielen hatten die beiden freilich nicht erfunden, und wenn Spiros Karagiannidis, der wendige Mittelfeldspieler, nach Reutlingen oder Pfullingen wechseln würde, konnte man einpacken und würde in die unterste Spielklasse absacken – und das im Jubiläumsjahr!

»Na, meine Herren, haben Sie Schirme dabei, oder reichen Ihnen Ihre modischen Kapuzen? Mit dem Anpfiff kommt sicher Regen, und dann ist unser Acker bald die schönste Rutschbahn.«

Störzer, der sich angewöhnt hatte, bei jedem Satz von Annemarie erst einmal anderer Meinung zu sein, störte sich am Wort »Acker«, schwieg aber, als er bemerkte, dass seine Windjacke keine Kapuze hatte.

»Einen Sponsor, Frau Tiefenthal, bräuchten wir, einen Sponsor. Aber woher nehmen und nicht stehlen?«

Annemarie lächelte und applaudierte kräftig, als die beiden Mannschaften, angeführt von einem übergewichtigen Schiedsrichter, schleppend aufs Feld liefen. Sponsor! Wenn sie das schon hörte, erstaunlich, dass Störzer das Wort überhaupt kannte. Die Sparkasse spendete pro Jahr ein paar Hundert Euro und platzierte an den Banden Plakate, deren Schriftzüge verblichen waren. Ein Herrenausstatter aus Rottenburg, dessen Sohn meistens auf der Rumplinger Ersatzbank saß, unterstützte den Club bei den Fahrtkosten und stiftete alle Jahre ein paar Bälle. Metzger Brunner griff in die Tasche, damit auf den Trikots der Slogan »Wenn Wurst – dann Brunner« prangte, versehen mit der Zeichnung einer gekrümmten Bratwurst, deren künstlerische Qualität deutlich unter Daniels Niveau lag. Mehr Sponsoring gab es nicht, und Annemarie hatte schon bei ihrem ersten Kontakt mit den Vereinsfunktionären gemerkt, wo der Hebel anzusetzen war. Es musste ihr gelingen, Gelder für die SG Rumplingen zu akquirieren. Keine Kleckerlesbeträge, sondern viel Geld, sie musste einen Mäzen finden, mit dessen Hilfe man junge Nachwuchstalente und vielleicht einen abgehalfterten Zweit- oder Drittligaspieler, der es noch einmal als gut bezahlter Dorfplatzhirsch wissen wollte, zur SG locken konnte. Alles eine Frage des Geldes.

Das Spiel war schrecklich langweilig. Die Gäste aus Belsen waren früh in Führung gegangen, und zum Entsetzen aller Rumplinger Fans schickte der Schiedsrichter Bemmerer, ihren Bemmerer, nach vierzig Minuten mit Gelb-Rot vom Platz. Daniel widmete sich verstärkt seiner zweiten Limo und freute sich auf die Pausenwurst, ohne die, wie Annemarie ihm beigebracht hatte, der Besuch eines Fußballspiels sinnlos sei.

»Lieber Herr Störzer«, säuselte sie ihrem Nachbarn ins Ohr, als der Schiedsrichter die Mannschaften mit dem Halbzeitpfiff erlöste, »schauen Sie sich nur um. Solange es den Acker und seine baufälligen Kabinen noch gibt. Haben Sie und Ihre Freunde Pläne, den Sportplatz in die Unterwelt zu verlegen?«

Störzer schnaubte, wischte sich Regentropfen von der Stirn und versuchte möglichst leise zu antworten.

»Verlegen? Den Sportplatz? Was meinen Sie damit?

Setzen Sie keine Gerüchte in Umlauf, das verbitte ich mir, im Namen unserer Gemeinde!«

»Aber beruhigen Sie sich doch! Ich sage nur, was alle wissen. Frau Bartholdy vom Funkhaus, ich treffe mich morgen wieder mit ihr, hat mich auch danach gefragt und mir einen Bebauungsplan gezeigt, streng geheim natürlich. Was sind eigentlich die beliebtesten Sportarten in Jordanien? Tischfußball? Wüstenbillard? Dafür bräuchte man nicht viel Platz.«

Ehe Störzer reagieren konnte, verabschiedete sich Annemarie: »Auf der Ortsversammlung sprechen wir darüber, ja?« Sie lotste Daniel zum Würstchenstand, wo der Sohn vom Metzger unwillig Sonntagsdienst leistete und halb verbrannte Grillwürste verkaufte.

»Zwei Würste, bitte. Ja, gern die angekokelten, mit viel Senf, dann merkt man's nicht so. Und ein Bier. Daniel, nimmst du noch eine Limo?«

11

»Frau Tiefenthal, Frau Tiefenthal! So warten Sie doch.«

Wie sich Annemarie vor diesem Moment gefürchtet hatte. Während der ganzen zweiten Halbzeit, die für die Rumplinger katastrophal verlaufen war und in einer peinlichen Eins-zu-fünf-Schlappe endete, hatte sich Renner ihr sachte genähert, raffiniert unverdächtig, wie er sicher dachte. Nach seinem Taschentuch suchend, das ihm aus der Breitcordhose gerutscht war, hatte er sich zwischen Störzer und dessen Frau gedrängt, bis er – etwa ab der siebzigsten Spielminute – endlich an Annemaries Seite stand. Nach dem Abpfiff, als sich nach der deftigen Niederlage alle darauf konzentrieren, das überforderte Rumplinger Team mit Schmährufen in die Baracke zu begleiten, Schirme schwingend die Wut am Schiedsrichter auszulassen versuchten oder still enttäuscht den Heimweg antraten, gelang es Annemarie nicht, ihren Vermieter-Verehrer abzuschütteln. Selbst der Versuch, mit Daniel, der die zweite Halbzeit fern des Spielgeschehens damit zugebracht hatte, Baumläufer oder Eichhörnchen aufzuspüren, ein Wettrennen zu veranstalten, um sich so aus dem Staub zu machen, scheiterte. Der nämlich hielt nach wenigen Metern inne, weil er eine Ansammlung winziger Erdkröten entdeckt hatte und diese einzeln begrüßte. Schon schloss der schwer atmende Renner auf.

»Frau Tiefenthal, nicht so eilig. Ich möchte Ihnen was erzählen. Etwas Wichtiges …«

Renner machte eine Kunstpause. Offensichtlich hatte er lange geübt, wie er seine Ausführungen beginnen sollte. Annemarie verlangsamte ihren Schritt, es hatte keinen Zweck, schnell entkommen würde sie ihm nicht. Renner registrierte ihren Sinneswandel mit Befriedigung und zog mit einem halblauten Schnauben genüsslich Schleim durch die Nase – ein Geräusch, das Annemarie wie kaum ein anderes hasste. Als Robert mit zehn, elf Jahren diese Unart angenommen hatte, hatte sie ihn umgehend zum Hals-Nasen-Ohren-Arzt geschleppt, der dazu geraten hatte, dem leidgeprüften Kind die Polypen zu entfernen. Was geschehen war, ohne dass sich die geringste Verbesserung eingestellt hätte. Wenn sie, dachte Annemarie, während Renner fortfuhr, seine unappetitliche Geräuschkulisse aufzubauen, es sich recht überlegte, hatte Robert bis heute nicht damit aufgehört, die Nase hochzuziehen. Ja, manchmal schien es ihr, als täte er das absichtlich, allein um sie zu provozieren. Nachträgliche Rache wahrscheinlich für die Polypenoperation.

»Brauchen Sie ein Papiertaschentuch, Herr Renner?«

Annemarie tat so, als wollte sie in ihrer Handtasche kramen, obwohl Renner offensichtlich nicht verstand, was sie meinte.

»Frau Tiefenthal, wir sollten uns treffen, das können wir nicht auf der Straße besprechen. Beim Essen, beim Abendessen, ich lade Sie ein, wohin Sie wollen. Geheim, Sie verstehen? Es geht um den Sportplatz und die Bahnstrecke, um die Grundstücke drum herum. Unserer Familie gehören zwei davon, ein knapper Hektar. Geld hat man uns dafür geboten, viel Geld, der Araber. Wann haben Sie Zeit?«

Annemarie sah ihn an und wusste, dass ein Entkommen unmöglich war. Sie würde mit diesem schmierigen Mann mit Halbglatze und speckiger Cordhose zum Essen gehen, abends, bei Kerzenschein. Vermutlich würde er ihr seine große Liebe gestehen und ihr leidenschaftlich das Blaue vom Himmel versprechen. Annemarie versuchte einen Schüttel- und Würgreflex zu unterdrücken. Und älter als sie war er vielleicht auch. Wenn sie sich – das hatte sie sich geschworen – noch einmal auf einen Mann einlassen würde, dann nur auf einen jüngeren. Alt war sie selbst, und Eberhards himmlischer Segen dürfte kein Problem sein.

»Ja, nun gut, Herr Renner, aber wir können das auch bei einem Spaziergang besprechen …« Sie bemerkte, wie er protestieren wollte. »Aber wenn Sie meinen, gern.«

In ihrem Kopf begann es zu rattern. Auf keinen Fall ein Restaurant mit exzellenter Küche, selbst wenn er sie einlud, das wusste dieser Dorftrampel ohnehin nicht zu schätzen. Keines mit gemütlichen Sitznischen und Candle Light.

»Also gut, lieber Herr Renner, ich freue mich natürlich, wenn Sie mich einladen, damit wir in Ruhe über Rumplingens Zukunft sprechen können. Was halten Sie von einem Steakhouse? Ich esse wahnsinnig gern blutige T-Bone-Steaks. In Reutlingen gibt es einen Laden, der darauf spezialisiert ist. Da vermutet uns keiner, schließlich soll es ja ein konspiratives Treffen sein, oder?«

Renner zog die Nase hoch, murmelte etwas, das wie »Teebohne« klang, und dachte über das Wort »konspirativ« nach.

»Bis nach Reutlingen? Aber Sie haben vielleicht recht …«

Annemarie ließ ihm keine Zeit nachzudenken und schlug einen Termin vor: »Auf jeden Fall gleich nach der Ortsversammlung, Herr Renner! Wir treffen uns im Lokal, Eingang Kaiserpassage.« Renner nickte und wandte sich brüsk ab, sich ängstlich Richtung Sportplatz umdrehend. Außer den Belsener Anhängern, die ihren Kantersieg mit mehreren Bieren begossen, war weit und breit niemand zu sehen. Störzer und die anderen standen vermutlich am Wurstgrill, um die Fehlleistungen des Schiedsrichters und die nächsten drohenden Pleiten der Rumplinger zu bereden.

Annemarie blieb stehen und sah dem davonstürmenden Grundstücks- und Hausbesitzer fast mitleidig hinterher. Was für ein alter Depp. Aber ein einflussreicher, nützlicher Depp. Einen Heiratsantrag würde er ihr im Steakhouse schon nicht machen.

Daniel war es inzwischen gelungen, sich von den Erdkröten zu trennen. Eine ließ er auf seinem Arm krabbeln.

Ob die nicht süß sei. Die müsse er Mami zeigen. Annemarie versank in Gedanken. Noch vor einem Jahr hätte sie sich nicht vorstellen können, dass sich ihr Leben so verändern würde. Aber sie hatte Eberhard versprochen, nicht als Stuttgarter Witwe zu versauern und die zwei Jahrzehnte, die ihr hoffentlich blieben, zu genießen. An seinen Tod dachte sie selten, wollte sie nicht denken. Manchmal sprach sie zu ihm, so als könne er ihr beistehen. Pfarrer Peralta erzählte, wenn sie mit ihm über Eberhard sprach, gern von einem südamerikanischen Totenkult, der darin bestand, einmal in der Woche Münzen in einen Fluss oder See zu werfen, sich an ein schönes Erlebnis mit den Verstorbenen zu erinnern und, am Wasser stehend, Geschichten aus deren Leben zu erzählen. Annemarie hielt nichts von solchem Getue und ging dennoch regelmäßig hinunter zum Neckar, um genau das zu tun. Wenn ihr die Eberhard-Geschichten nur nicht eines Tages ausgingen …

Inzwischen waren sie zu Hause angekommen. Ja, seit einiger Zeit bezeichnete sie ihre kleine Wohnung als ihr Zuhause, und sie freute sich, dass ihr Sohn nur ein Stockwerk über ihr lebte. Ein Sohn, der allmählich in die Gänge kam, vielleicht zu sehr in die Gänge kam.

12

Das konnte sich sehen lassen. Annemarie lehnte sich genüsslich in ihrem rostroten Ledersofa zurück und blickte zu den türkisfarbenen Retrolampen auf, die dem Café einen halbseidenen Charme verliehen. Seit einiger Zeit kehrte sie dort, bis zweimal die Woche, ein und verknüpfte die Koordination ihrer Reutlinger Aktivitäten mit Cafébesuchen, die ihr Zeit ließen, Schlachtpläne auszuarbeiten und Telefonate zu führen. Am späten Vormittag saß hier kaum einer, und bevor die ersten Mittagstischkunden einliefen, brach Annemarie ihre Zelte ab.

Zum dritten Mal las sie vergnügt, was sowohl der *General-Anzeiger* als auch das *Tagblatt* über die vorgestrige Ortsversammlung schrieben, und sie verbarg ihre Genugtuung nicht. Um ein Haar hätte sie einen Cocktail geordert, die Getränkekarte des Cafés gab sich alle Mühe, einem großstädtischen Image gerecht zu werden. Einen Sex in the City in Reutlingen zu bestellen kam ihr übertrieben vor, und der Gedanke an einen Prosecco Red Bull ließ ihre Geschmacksnerven erzittern. Nein, das war selbst für eine euphorische Großmutter zu viel, aber gegen einen Prosecco on the Rocks konnte man nichts einwenden.

Schließlich galt es, die Rumplinger Revolte zu feiern, ein Ereignis, dessen Folgen in die Dorfgeschichte eingehen würden. Sie rief der verschlafenen Kellnerin ihre Bestellung zu und las ein weiteres Mal, was das Tübinger Blatt auf der ersten Seite des Lokalteils schrieb:

Turbulenzen in Rumplingen

Ortsvorsteher kündigt Rücktritt an. Investor wird massiv angegriffen

Eine Ortsversammlung wie diese dürfte es in Rumplingen noch nie gegeben haben. Vier Stunden lang versuchte Ortsvorsteher Erwin Störzer, der sich erst auf massiven Druck der Bevölkerung bereitgefunden hatte, eine außerordentliche Versammlung einzuberufen, den Zorn der rund 250 Anwesenden im Zaum zu halten. Kurz vor Mitternacht, als es zunehmend zu Tumulten kam und der jordanische Investor Hassan Ismail von seinen Bodyguards in Sicherheit gebracht werden musste, löste sich die Versammlung auf, ohne dass Beschlüsse gefasst worden wären, die die umstrittene Bebauung der Neckarauen und die Tieferlegung der Rumplinger Bahnstation betroffen hätten. Schon während der Versammlung in der Sporthalle am Spritzenhaus war es zu Unterbrechungen gekommen, hervorgerufen durch eine Gruppe von Jugendlichen und Studierenden, die offenkundig eigens nach Rumplingen angereist waren. Den Anwesenden bot sich ein ungewohntes Bild, da die Sporthalle mit Totenkopfemblemen plakatiert worden war. Versuche des Ortsvorstehers und des Rottenburger Oberbürgermeisters Peuckert, nicht in Rumplingen gemeldete Personen von der Versammlung auszuschließen, scheiterten …

Annemarie hatte diesen turbulenten Abend genossen, und es freute sie, wie genau der Journalist, den sie einen Tag zuvor mit allen Informationen versorgt hatte, den Ablauf der Versammlung beschrieb und zwischen den Zeilen andeutete, was er von Störzers lächerlichem Auftritt hielt. Während sie einen zweiten Prosecco auf Eis bestellte, sah sie das Durcheinander, das sich in der Sporthalle abgespielt hatte, genau vor sich: die eilig aufgebaute Bühne, eine schief hängende Leinwand, auf die das Logo »Unser Neckartal – unsere Vision« projiziert wurde, die an die Sprossenwände geschobenen blauen Turnmatten, die Böcke und Schwebebalken, die Mikrofone, die anfänglich nicht funktionierten, die aufgebrachten Rumplinger, die dicht gedrängt an langen Bänken saßen und, vom Bier angefeuert, die Reden der Amtsträger mit lauten Zwischenrufen unterbrachen.

Erst als Hassan Ismail, ein beleibter schwarzhaariger Mann Ende dreißig, ans Mikrofon gebeten worden war, herrschte plötzlich Ruhe. Die meisten kannten ihn nur von schlechten Zeitungsfotos her und hatten sich vorgestellt, ein reicher, den orientalischen Märchen entsprungener Scheich mit Kaftan würde auf die Bühne schweben und mit ausladenden Gesten Unverständliches von sich geben. Stattdessen sahen sie einen gut gebräunten Anzugträger, dessen Leibwächter nicht einmal finster dreinschauten und der in relativ flüssigem Deutsch das auszuführen begann, was er in den Auen zwischen Tübingen und Rottenburg aus dem Boden stampfen wollte. In seinem Rücken zeigte eine Dia-Slideshow Modelle, auf denen sich die Gemarkung Rumplingen in Windeseile veränderte. Der Sportplatz und seine Umkleidebaracken verschwanden; die beiden Gehöfte, die den Dorfkern mit den Neckarwiesen verbanden, existierten nicht mehr; von der Bahnlinie war plötzlich nichts mehr zu sehen, stattdessen schossen Bürotürme hoch, breiteten sich futuristisch gestaltete Fabrikgebäude aus, deren Produktion sich nicht erschloss, und in angemessener Distanz entstanden Mehrfamilienhäuser und Bungalows mit schönem Blick auf den Neckar, dessen Lauf, wie Hassan Ismail betonte, nur geringfügig verändert würde. Je länger die Zukunftsshow dauerte, desto unruhiger wurde es im Saal. Zwischenrufe unterbrachen Ismail, Metzger Brunner wollte sich nicht mehr beruhigen, und selbst diejenigen, die als Störzers Gefolgsleute galten, hielten sich bedeckt, als wären sie erschreckt von dem, was die Präsentation ihnen als ihren künftigen Lebensraum anpries. Als der Geräuschpegel zunahm und die Studenten fremdartige Trommeln, die wie Tamburins aussahen, hervorholten, verstand keiner mehr, was gesagt wurde. Mit einem Mal fiel die Lautsprecheranlage aus – ein Sabotageakt, wie Störzer einen Tag später vermutete –, und der hektisch gestikulierende Hassan Ismail wirkte wie ein Pantomime, der noch nie als Pantomime aufgetreten war.

Annemarie öffnete die Augen wieder und kam nicht umhin, sich im Nachhinein selbst zu loben. Wie geschickt sie sich anfangs im Hintergrund gehalten hatte, obwohl sie demonstrativ und gut sichtbar vor der Bühne Platz genommen hatte – immer im Sichtfeld der Redner. Sie hätte Störzers Schweißperlen zählen können, und sie merkte, wie Oberbürgermeister Peuckert, mit dem sie erst einmal gesprochen hatte, unruhig wurde, weil Annemarie nicht einmal die Hand zum Begrüßungsapplaus rührte. Und wie sie den richtigen Augenblick erwischt hatte, um inmitten aller Unmutsäußerungen aufzuspringen und auf die Bühne zu eilen. Störzers Stimme überschlug sich, als er anmerken wollte, dass Annemarie nicht auf der Rednerliste stehe. Erst als ein Zweimetermann, den sie nur vom Sehen kannte, aufsprang, sein Bierglas so abrupt in die Höhe reckte, dass der Schaum Richtung Bühne spritzte, und Störzer ein »Halt's Maul!« entgegenbrüllte, fiel der in sich zusammen und widersetzte sich Annemaries Auftritt nicht mehr.

Ein gewaltsames Ende der Versammlung verhinderte die in den letzten Monaten als Projektgegnerin bekannt gewordene Annemarie Tiefenthal, die sich zu Wort meldete, als sich in der Halle lautstarker Protest gegen den Investor und seine Unterstützer formierte. Frau Tiefenthal, die zuletzt auch durch ihren verdienstvollen Einsatz für die in Vergessenheit geratene Reutlinger Lyrikerin Elfriede Degenhardt-Brunzel (1926 – 2009) hervorgetreten ist, gelang es, die erregte Menge zu beruhigen und die Gruppe protestierender Jugendlicher davon abzubringen, sich mit offenkundig kurzfristig angefertigten Narrenmasken zu vermummen. Von Applaus mehrfach unterbrochen, wies sie darauf hin, dass der gewaltfreie Widerstand gegen das ihrer Meinung nach überflüssige, botanische Oasen zerstörende Projekt weitergehen werde. Von Frau Tiefenthal dazu aufgefordert, erklärte Ortsvorsteher Störzer, dass er sein Amt in absehbarer Zeit zur Verfügung stellen wolle. Sein Hinweis, dass Rumplingen sich durch derartige Aktionen ins Abseits stelle und sich als zukunftsunfähig erweise, ging im Tumult der Versammlung nahezu unter. Hassan Ismail war zu keiner Stellungnahme bereit. Lediglich sein Sprecher ließ vermelden, dass der

Investor von seinen Plänen nicht abrücken wolle und auf die Einsicht der Beteiligten setze. Wie die Rottenburger Verwaltung auf diese Situation reagieren wird, ist völlig offen. Die Sachbeschädigungen, zu denen es im Anschluss an die Versammlung kam, wurden von allen Seiten ausdrücklich bedauert. Auch Annemarie Tiefenthal erklärte im Namen der Projektgegner ihr Unverständnis für diese Eskalation.

Annemarie legte das Blatt zur Seite. Auch die Reutlinger Zeitung hatte es sich nicht nehmen lassen, über die Ereignisse – wenn auch in geringerem Umfang – zu berichten, und zudem in einer kleinen Passage auf Robert verwiesen. Dass der ihr Sohn sei und als stellvertretender Kulturamtsleiter in einem Gespräch angemerkt habe, wie notwendig es sei, das gesellschaftliche Engagement von Künstlern zu fördern und sich dabei Elfriede Degenhardt-Brunzel zum Vorbild zu nehmen. Die Stadt Reutlingen werde hierzu eine Initiative von überregionaler Bedeutung entwickeln. Bischof Huber sei als Unterstützer angefragt.

Das war Annemarie zwar neu, doch gegen einen solchen Einsatz ihres Sohnes gab es nichts einzuwenden. Sie faltete die beiden Zeitungen zusammen, bezahlte am Tresen und trat hinaus auf die Straße, die in einen seifigen Nieselregen gehüllt war. Drei Dinge hatte sie zu erledigen: bei Eva-Lisa Bartholdy für ein weiteres Interview vorbeischauen, sich mit ihrem großartigen Praktikanten Bastian treffen, der ihr eine so große Hilfe gewesen war, und sich um den leidgeplagten Fußballclub kümmern. Ich muss es schaffen, dachte sie, während sie ihren fliederfarbenen Schirm aufspannte, dieses Elend zu beenden und die SG Rumplingen in Schuss zu bringen. Das war sie ihrem Enkelkind schuldig. Wer als fußballbegeistert galt und Geldgeber anbrachte, stieg um zwanzig Punkte auf der Beliebtheitsskala. Sie würde zu Rumplingens Angela Merkel werden. Schicker angezogen als die Kanzlerin war sie schon jetzt.

13

»Einen Tee?«

»Kaffee haben Sie nicht?«

Annemarie wunderte sich, dass es immer noch so große Teetrinkerfraktionen unter den Studenten gab. Seit Roberts Unizeit hatte sich da offenbar nicht viel verändert. Sie sah sich in Bastian Fürbringers Zimmer um. Eine überraschend ordentlich aufgeräumte Bude, sogar mit Vorhängen und einer Kochnische, in der sich keinerlei schmutziges Geschirr stapelte. Ein Regal mit einer Handvoll Büchern, zwei Hanteln. Ein erstaunlich leerer Schreibtisch mit Laptop und merkwürdigen, wippenden Metallfiguren, die Annemarie an ihre Kamasutra-Lektüre erinnerten. Ein Sofa, das sich zum Bett umklappen ließ und zwei Plüschtigern als Ruhestätte diente.

»Ein altes Glas löslichen Kaffee hätte ich noch. Steht aber schon drei Jahre im Schrank, stammt von meiner Mutter, für Notfälle.«

»Schon gut, Bastian, machen Sie nur, der Tee wird mich nicht umbringen.«

Annemarie hatte sich angewöhnt, Bastian zu siezen und beim Vornamen zu nennen – eine Mischform, die, wie sie fand, ihrem Verhältnis am besten entsprach. Seitdem sie sich beim Sender kennengelernt und miteinander geredet hatten, waren sie sich schnell nähergekommen.

»Nein, nein, liebe Carla, ich habe nichts mit dem jungen Mann, und ich habe auch nicht vor, etwas mit einem über vierzig Jahre jüngeren Mann anzufangen. Lächerlich kann ich mich auf andere Weise machen. Obwohl er ganz schnuckelig aussieht«, hatte sie ihre Schwiegertochter zu beruhigen versucht, die hellhörig geworden war, seitdem Bastian öfters bei Annemarie aufkreuzte und stundenlang blieb. Ihre Familie traute ihr mittlerweile alles zu, und merkwürdigerweise reagierte Carla momentan sofort nervös, wenn sich nur die Ahnung eines erotischen Themas einstellte. Für die Wechseljahre war sie entschieden zu jung. Während ihr Bastian einen dickflüssigen, grünlich schimmernden Tee eingoss und ihr eine Packung Haferkekse hinschob, nahm sich Annemarie vor, darüber bald mit Carla in Ruhe zu reden. Für privaten Knatsch ihrer Lieben hatte sie beim besten Willen keine Zeit.

»Na, Bastian, wie fanden Sie unseren Rumplinger Volksaufstand? Hab ich mich nicht gut geschlagen? Es war ja sensationell, wie viele Ihrer Kommilitonen Sie aufgetrieben haben. Die meisten kannten Rumplingen bisher nur vom Durchfahren, oder?«

»Das war okay, aber da können wir noch einiges besser machen. Seitdem Ihre Aktion auf Facebook ist, hab ich kein Problem, Unterstützer zu finden. Ist ja nicht schlecht, so ein Dorf aufzumischen. Ökos gibt's in Tübingen immer noch reichlich, und die anderen kommen mit, weil sie es gut finden, dass eine Omi die Muskeln spielen lässt. Die wünschen sich wahrscheinlich, dass ihre eigenen Omis wie Sie wären. Wir sollten Fotos von Ihrem Enkel einstellen. Kleiner, sympathischer Junge, der für den Erhalt der Zwergrohrdommel kämpft, das macht sich gut.«

Annemarie verzog keine Miene, als sie den muffig schmeckenden Tee auf der Zunge spürte. Wie begeistert Bastian gewesen war, als er sie nach der Sendung mit Eva-Lisa Bartholdy angesprochen und ihr ungefragt seine Unterstützung angeboten hatte. Er studierte so etwas wie Kommunikations- oder Medienwissenschaften und nahm sich alle Zeit der Welt, ihr ganz langsam zu erklären, wie man die Menschen heutzutage mobilisierte. Mit ein paar Handgriffen hatte er ihr eine Facebook-Seite eingerichtet, ihr Twitter gezeigt und sie mit Leuten in Kontakt gebracht, die es in ihrem früheren Leben nicht gegeben hatte. Vielleicht war es gut, dass Eberhard davon nichts mehr mitbekam. Einer von Bastians Bekannten hatte ihr sogar gefallen, einer um die fünfzig, der einen mobilen Fahrradreparaturdienst betrieb, abgebrochener Soziologe und Fotograf war, in Kroatien geboren und mit einem schwarz-grauen Wuschelkopf. Milotin hieß er.

»Wir müssen das jetzt durchziehen. Nach den Presseberichten haben die in Rottenburg weiche Knie bekommen und ihre Rumplinger Bahnhofsuntertageleger sowieso. Die fürchten, dass das Ganze überregional für Aufsehen sorgt. Der Jordanier hat versucht, mit uns Verbindung aufzunehmen. Wir werden uns das anhören und ihn dann bitter enttäuschen. Jeden Montag bis Weihnachten fahren wir raus nach Rumplingen und halten Mahnwachen unten am Neckar ab oder vor dem Gemeindebüro. Der Verrückte bei Ihnen im Dorf, der den Müll in seinem Vorgarten sammelt, hat sich angeboten, Schrottbarrikaden zu errichten. Material habe er genügend. Wenn das klappt, legt der Störzer wegen Burn-outs seine Ämter nieder und zieht sofort um, möglichst weit weg. Ich mobilisiere die Tübinger und versuche auch ein paar Reutlinger zu aktivieren. Deshalb müssen wir die Degenhardt-Brunzel-Sache am Laufen halten. Ein Wannweiler Offtheater will ein Politstück aus ihren Gedichten und Essays machen. Sind ja stinklangweilig, diese Brunzel-Sachen, klingen wie aus der Steinzeit, aber darum geht's ja nicht …«

Annemarie begann der Tee zu schmecken. Fast hätte sie sich sogar überwunden und einen trockenen Haferkeks gegessen. Sie strahlte Bastian an und nickte zu allem, was er sagte. Wenn Robert in seiner Jugend nur die Hälfte dieser Energie an den Tag gelegt hätte.

»… und Sie, Frau Tiefenthal, stehen im Zentrum, Sie sind unsere Ikone, ohne Sie läuft nichts. Wir machen alles an Ihnen fest, inszenieren Sie. Einen Slogan haben wir schon, der alles zusammenhält: ›*Wer stoppt den Wahnsinn? Sie tut es: AMT.*‹ Das lässt sich konkret verstehen, aber auch die, die nur Party machen wollen und gegen irgendwas sind, können problemlos aufspringen. Wir hypen das in allen Medien, verlinken es überall, machen aber auch altmodisch Plakate, die wir in allen Dörfern rund um Rottenburg aufhängen. Wie Sie damals die Brunzel-Gedichte. Mit den griechischen Kneipen läuft auch was, die machen mit und wollen alle Griechen im Umkreis von dreißig Kilometern zu einem Bündnis zusammenbekommen. Das mit dem Wahnsinn hat denen sofort eingeleuchtet.«

Eine Stunde später war Annemarie erschöpft und musste nach ihren vier Tassen Tee dringend auf die Toilette. Die sah erstaunlich sauber aus, ganz anders als früher in Roberts Studentenzimmer. Sie liebte es, länger als notwendig auf Toiletten sitzen zu bleiben. Diese Ruhe, diese Möglichkeit zur Entspannung. Während schallgedämpft die Geräusche von Wasser, das sich einen Weg durch Rohre bahnte, an ihr Ohr drangen, fasste sie die klarsten Gedanken und dachte über die nächsten Schritte nach. Zurück schaute sie seit Monaten kaum noch. Die Rumplinger Aktivitäten ließen dafür keine Zeit. Sie genoss es einerseits, im Mittelpunkt zu stehen, und nahm das alles andererseits dennoch nicht zu ernst. Ganz so, als führe sie ein Experiment durch, das ein unbekannter Spielleiter irgendwann abrupt beenden würde.

Eine halbe Stunde später stieg sie die enge Treppe hinunter, die von Bastians Zimmer zur Bursagasse führte. Ein Fernsehauftritt, hatte ihr Bastian noch auf den Weg gegeben, das müsse in den nächsten Wochen klappen. Man habe ja gesehen, was allein dieses Rundfunkgespräch mit der Bartholdy gebracht habe. Ein seriöser TV-Auftritt in einer Talkshow, die die Leute mochten. Wieland Backes'

Nachtcafé, nichts anderes komme fürs Erste infrage. Solange es das noch gebe. Promoviert sei der, Professor sogar, interessiert an Umweltthemen. Nach einer wie Annemarie würde sich seine Redaktion die Finger lecken, und wenn sie zur Hochform aufliefe, würde der Backes dahinschmelzen. Danach könnte Hassan Ismail einpacken, und Annemaries Seniorenkarriere stünde nichts mehr im Weg. Beim Wort Seniorenkarriere hatte Annemarie protestiert, doch mit solchen Lappalien gab sich Bastian nicht ab. Man habe die Versammlung in Rumplingen gefilmt und müsse für YouTube eine Sequenz zusammenmixen, mit Störzers Bierdusche und Annemaries Auftritt natürlich. Ordentlich verabschiedet hatte sich Bastian, wie immer, nicht von ihr, allenfalls ein kurzes Wedeln mit der Hand, ehe er sich wieder hinter seinem Laptop verschanzte.

Wieland Backes … Für den schwärmte Annemarie ein klein bisschen, obwohl er nicht mehr der Jüngste war. Aber neben ihm im Fernsehen zu sitzen und über die Zerstörung von Flussauen und die Lethargie der Bürger zu reden, das würde ihr gefallen. Bastian sei Dank. Um ein neues Kostüm, das ja nicht altmütterlich aussehen durfte, müsste sie sich bald kümmern.

Sie zückte ihr Handy und versuchte die Bartholdy zu erreichen, um ihre Verabredung zu verschieben. Das war ihr zu viel. Schließlich musste sie heute Abend noch zur Krisensitzung der SG Rumplingen. Bei denen ging die Angst gleich doppelt um: um den Erhalt ihres Sportplatzes und um den Erhalt der Liga. Was das Letztere anging, besaß Annemarie eine sehr konkrete Sanierungsidee. Ein Werbeknalleffekt sozusagen.

Nachdem sie auf Eva-Lisa Bartholdys Mailbox eine Entschuldigung hinterlassen hatte, sah sie sich in der Neckargasse um. Ehe sie Käse und Brot fürs Abendessen einkaufte, brauchte sie einen anständigen Kaffee. Bei aller Liebe, von Tee hatte sie genug. Oben an der Stiftskirche würde sie einen doppelten Espresso trinken …

»Entschuldigung, darf ich Sie ansprechen?«

Annemarie kannte den Mann nicht, der ungefähr ihr Alter hatte, aber natürlich viel älter aussah. Er zerknautschte eine wollene Helmut-Schmidt-Kappe zwischen seinen Händen und wirkte nervös.

»Ja, bitte …«

»Heller ist mein Name, Finanzbeamter im Ruhestand. Sie … Sie sind doch Annemarie Tiefenthal, die Neckarrebellin, oder?«

»Die was?«

Annemarie starrte ihn an, diesen Ausdruck hatte bislang nicht einmal Bastian Fürbringer verwendet. Demnächst würde sie Rottenburgs Robin Hood oder Mutter Teresa heißen. Der Mann wiederholte das Wort schüchtern und betonte, dass er das im Radio gehört habe, wie sehr er Annemarie bewundere und wie gut es für ihn als ehemaligen Beamten sei, der unter seinen Vorgesetzten gelitten habe wie kein Zweiter, wenn der Bürokratie endlich jemand Paroli biete. Anschließend bat er um ein Autogramm, für das er eigens einen speckigen Terminkalender hervorkramte und Annemarie eine weiße Seite entgegenstreckte. Sie unterschrieb hastig, hätte um ein Haar das »h« im Nachnamen vergessen und verabschiedete sich von dem Rentner, dessen Lebensglück sie offensichtlich gesteigert hatte.

Wahrscheinlich, dachte Annemarie, muss ich mich um Autogrammkarten kümmern. Die Bartholdy hat sicher welche. Aber ja nichts Langweiliges. Eine Aufgabe für Bastians Truppe, keine Frage. Ein schrilles Motiv, vielleicht mein Foto mit einem Döner in weißblauer Serviette und dem Rumplinger Wappen. Und dazu eins mit vegetarischer Alternative natürlich. Oder mit einem Märklin-Spielzeugbahnhof, den ich in letzter Sekunde vor dem Abriss bewahre …

14

Im Rathausfoyer wurden die letzten Bühnenbretter weggetragen. Robert stieg über ein Knäuel Luftschlangen und zerdrückte Pappbecher, während Bohmwetsch, der Mann vom Empfang, ein Gesicht wie drei Tage Schwäbische-Alb-Regen machte, vor sich hin schimpfte und die bunten Plakate von den Wänden riss. Schade, dachte Robert, als er versuchte, Bohmwetsch einen guten Morgen zu wünschen, dass von denjenigen, die in einer Stunde ihren Personalausweis abholten oder sich ummeldeten, keiner mehr Spuren vom gestrigen Abend vorfände. Dass Oberbürgermeister Nägele vor Monaten beschlossen hatte, den Abschied seines singenden Untergebenen Andreas Adler im Rathaus zu feiern, war Robert anfangs sauer aufgestoßen. Während alle die Veranstaltungen in der neuen Stadthalle bejubelten und sonst jeder Euro dreimal umgedreht wurde, ehe er dem Kulturetat gönnerhaft zugesprochen wurde, bestand kein Zweifel, dass The Eagle, wie die Lokalpresse Adler neuerdings nannte, mit allem Drum und Dran verabschiedet würde. Irgendeinen Feuerwehrtopf hatte Nägele aufgetan und Hilfreich, der gute Miene zum bösen Spiel machte, mit ins Boot genommen. Schlager seien, so

Nägele, ein Ausdruck populärer Alltagskultur, und habe nicht auch Opernsänger René Kollo damit seine ersten Brötchen verdient? Man könne schließlich nicht die ganze Zeit Zwölftonmusik spielen, bei der er, Nägele, ohnehin den ersten Ton weder vom siebten noch vom zwölften unterscheiden könne.

Plakate wurden gedruckt, handverlesene Medienvertreter eingeladen, und alle Rathausmitarbeiter hatte man zwangsverpflichtet, um den verdienten Baubürgermeister, der sich freundlicherweise zu einem kleinen Auftritt bereitfand, zu verabschieden. Die Verwaltung ließ sich nicht lumpen und fuhr ein mediterranes Büfett auf, dessen Kosten Robert sofort im Kopf überschlug, mit Entsetzen. Als Special Guest – da war selbst Hilfreich zusammengezuckt – hatte Nägele, seine Fernsehseilschaften nutzend, Dieter Thomas Heck eingeladen, für ein Honorar, das Robert nicht wissen wollte. Immerhin war der Gotthilf-Fischer-Kelch an ihnen vorübergegangen. Heck lächelte unentwegt, sah so braun gebrannt aus, als würde er das halbe Jahr auf Kreuzfahrtschiffen verbringen, machte zehn Minuten schlüpfrige Witze, die Robert aus seiner Jugend kannte, und sang zwei Lieder, von denen eines *Wer möchte mit mir jodeln?* hieß. Erste Erregung kam im Foyer auf, Bohmwetschs Frau, die in der Kantine arbeitete, drängte sich nach vorn, als wolle sie Heck um den Hals fallen, was der mit der Routine eines fernseherfahrenen Schlagerkönigs ertrug. Wahrscheinlich war er froh, dass sich ihm überhaupt noch Frauen im arbeitsfähigen Alter näherten.

Robert hatte wie beim Rumplinger Dorffest vor ein paar Monaten hastig zwei Gläser Wein getrunken und ein drittes nur zurückgewiesen, da er im Hintergrund, wo die Journalisten und Ehrengäste auf die Büfetteröffnung warteten, Eva-Lisa Bartholdy erkannte. Sie unterhielt sich mit einem Redakteur des *General-Anzeigers*, der Andreas Adler neulich als flugunfähigen Erpel bezeichnet und von einem Imageschaden für Reutlingen gesprochen hatte. Gut sah sie aus, mit ihren hochgesteckten schwarzen Haaren, die gekonnt den Eindruck absichtlich hergestellter Unordnung erweckten, und mit ihrem kirschroten Kleid, dessen Dekolleté zwischen züchtig und unzüchtig schwankte. Natürlich lästerte sie über Heck, der, nachdem er das Singen eingestellt hatte, mit Adler ein gut einstudiertes Gespräch führte und anmerkte, dass es allen Politikern gut zu Gesicht stünde, gelegentlich Volkslieder oder Schlager zu singen und die Alltagssorgen zu vergessen.

Robert schloss sein Büro auf und ärgerte sich darüber, dass ihm Adlers Schlagermedley nicht aus dem Kopf ging. Unter der Dusche heute Morgen hatte er *Mendocino* gesummt und von Carla einen abschätzigen Blick geerntet, als er ihr Kaffee einschenkte und dazu *Griechischer Wein* anstimmte. Apropos: Wie er Annemarie kannte, gehörte dieses Lied längst zu ihrem Aktionsplan und würde bei einem Tavernenabend alsbald als Propagandamittel eingesetzt werden. In ihrem Literaturkreis hatte sie Kazantzakis' *Alexis Sorbas* durchgedrückt und ein Rottenburger Programmkino dazu genötigt, die Verfilmung im Dezember zweimal zu zeigen. An Kazantzakis' Grab in Heraklion, erinnerte sich Robert und zog die Jalousie hoch, hatte er als Student gestanden, mit einer Frau, die ihn zwei Monate später verlassen hatte und jetzt in der Outlet-City Metzingen arbeitete. Beim Anzugkauf letztes Jahr war er ihr über den Weg gelaufen. Erkannt hatte sie ihn nicht.

Trotz Hecks Mumienauftritt und Adlers Schlagernummer, die mit Roger Whittakers *Abschied ist ein scharfes Schwert* endete, hatte Robert der Abend gefallen. Eine halbe Stunde hatte er mit Adler gesprochen, erst am Büfett, dann an einem Tisch. Fast erleichtert wirkte der Bürgermeister im Ruhestand. Dass sich die Leute über ihn lustig machten, störte ihn nicht. Wer nicht aufsteht, lieber Herr Tiefenthal, der bleibt sitzen, hatte er beiläufig gesagt. Ohne Besserwissergeste und Eigenlob. Mit seiner Frau wolle er eine geerbte Bergalm betreiben und dort Auftritte organisieren. Ideen für neue Schlager habe er genug, und für die eine oder andere CD und das eine oder andere lokale Konzert werde es schon reichen. Demnächst werde er bei Wieland Backes im *Nachtcafé* sitzen und von seinem neuen Leben berichten, das gar nicht so anders sei als das alte. Die Stadtratssitzungen und das Budgetgeschachere würden ihm auf keinen Fall fehlen. Manche Kollegen schon. Er sah wie ein zufriedener Mensch aus und prostete Robert noch einmal zu, ehe er mit Dieter Thomas Heck Verabredungen für einen zünftigen Berghüttenabend traf.

In letzter Minute hatte Robert die letzte Bahn erwischt,

die kurz vor Mitternacht an Rumplingens inzwischen fast berühmt gewordener Bahnstation stoppte. Als er sich im Schlafzimmer auszog, gegen den Kleiderständer stieß, der nie so stand, wie er ihn am Morgen zurückgelassen hatte, und sich mit einem Fuß in der Unterhose verfing, schreckte Carla hoch und knipste das Licht an. Nach einem Blick auf die Uhr sah sie ihren Mann mit einer Mischung aus Verwunderung und Verärgerung an: »Wolltest du nicht spätestens um halb zehn zu Hause sein?«

Robert hatte nichts Verständliches geantwortet und dankbar registriert, dass Carla keine größeren Erklärungen erwartete. Beim Frühstück heute Morgen schien sie ihn aus den Augenwinkeln zu mustern. Nett sei es gewesen, sagte er unaufgefordert, nichts Besonderes. Hilfreich und Nägele hätten ihn zugetextet, was ihm aber die Möglichkeit gegeben habe, seine Literatureventpläne anzubringen. Dass er sich vor allem mit Andreas Adler und Eva-Lisa Bartholdy unterhalten hatte, verschwieg er. Das hätte Nachfragen ergeben. Ein Glück, dass Daniel zwischen ihnen saß, mit seinen Gummivögeln spielte, unendlich langsam seinen Joghurt mit Schokopops aß und begeistert von der neuen Comic-AG in seiner Schule erzählte. Ein Glück auch, dass das Frühstück nie lange dauerte, die Schule, das Amt und der Kindergarten warteten.

Nun war Robert erleichtert, in seinem Büro zu sitzen und auf die Landkreiskarte zu starren, die er auf der gegenüberliegenden Wand aufgehängt und mit Stecknadeln versehen hatte, die alle markanten Orte im Umkreis von dreißig, vierzig Kilometern fixierten. Orte, wo die Volksseele brodelte, wo umstrittene Bauprojekte in der Schwebe waren oder Eingriffe ins Ökosystem diskutiert wurden. Das würden die Anlaufstellen sein. Dort würde sich der Protest formieren.

Seine Kollegen würden frühestens in einer halben Stunde eintreffen. Manche hatten gestern noch tiefer als er ins Glas geschaut. Zeit genug, den Computer hochzufahren, sich einen Kapselkaffee zu gönnen, den Carla in ihrem Tübinger Kindergarten nie hätte trinken dürfen, und weiter an gestern zu denken. An Andreas Adler und natürlich an … ja, an Eva-Lisa, wie er sie seit gestern zweiundzwanzig Uhr siebzehn nannte.

15

»Wenn der Störzer seinen Sessel räumt, können wir reden.«

Horst Holoch fläzte sich in seinen Sessel, der so aussah, als habe ihn der Firmengründer, sein Großvater, angeschafft. Er fixierte Annemarie und schien sich darüber zu wundern, dass diese kleine, nicht wie eine Querulantin aussehende Frau zum Tagesgespräch in der Region geworden war. Holoch rückte seine Krawatte zurecht, die er spätestens am Nachmittag ablegen würde. Wie er es hasste, sich mit diesen Stricken einzuschnüren, und wie gern er Tage begann, die ihn nicht zwangen, die Dinger umzubinden. Heute trug er die blaugraue Krawatte, die er im Schlussverkauf am Flughafen erstanden hatte, nur wegen dieser Japaner, die sich für den späten Vormittag angesagt hatten. Kommen Sie in Gottes Namen, aber es geht nur um halb neun, hatte er Annemarie ausrichten lassen. Wer morgens nicht schnell genug auf Betriebstemperatur kam, den konnte man sowieso vergessen. Seine Mitarbeiter wussten das, und Annemarie, die sich gegen ihr Naturell zurückhielt, ließ sich ohne Zögern auf den morgendlichen Termin ein.

»Was hat Ihnen denn unser herzensguter Ortsvorsteher getan, Herr Holoch?«

»Getan? Dieser Lahmsiech, der glaubt, anstatt sich um seine Malerklitsche zu kümmern, in der Politik mitmisches und mit Arabern verhandeln zu müssen? Und das alles wegen seiner Frau, einer schrecklichen Bissgurke, der er versprochen hat, sich zum Ortsvorsteher wählen zu lassen. Und in den Rottenburger Gemeinderat will er sicher auch bald. Mir als geborenem Rumplinger kann der Seckel nichts vormachen. Getan hat er mir nichts, er war nur beleidigt, als ich ihm die Malerarbeiten für unsere neue Produktionshalle nicht gegeben habe. Abzocken hat er mich wollen und gedacht, er kriegt den Auftrag aus alter Verbundenheit. Wenn ich so mein Geschäft führen würde!«

Holoch hielt inne. Er hasste weitschweifige Reden. Seine Besprechungen dauerten selten länger als eine halbe Stunde, und da Annemarie ihm kurz und bündig erklärt hatte, was sie wollte, begegnete er ihr mit einer für seine Verhältnisse erstaunlichen Höflichkeit.

»Herr Holoch, ich will Ihnen keine Zeit stehlen. Ich habe Ihnen ein Papier geschickt, nicht mehr als zwei Seiten, und unser gemeinsamer Bekannter Herr Bemmerer von der Volksbank hat Ihnen die Hintergründe erklärt. Was Störzer angeht, machen Sie sich keine Sorgen. Der ist bald weg vom Fenster und kann sich ganz um seine Malerkarriere oder um seine Frau kümmern. Ich will, dass die SG Rumplingen zu einem Verein wird, von dem alle reden, und das geht nur, wenn Geld fließt, viel Geld. Sie sind Rumplinger, sie haben Geld, und wenn die Rumplinger Fußballer ein paarmal aufsteigen, dann reden alle von Ihnen und noch mehr von Ihren Seifenblasen.«

Annemarie formulierte ihre Sätze im Stakkato. Nichts, so Bemmerers Warnung, hasste Holoch mehr als ein Um-den-heißen-Brei-Herumreden, das Zeit und Euros kostete. Als sie erfahren hatte, dass der Seifenblasenmarktführer aus Rumplingen stammte und früher selbst im Verein gespielt hatte, machte sie sich kundig. Robert stellte den Kontakt zum Reutlinger Sportdezernenten her, und der gab ihr einen Grundkurs im Fußballsponsoring. Hoffenheim, Sonnenhof-Großaspach, Leipzig, daran müsse sich Rumplingen orientieren, im Kleinen wenigstens.

»Alle wollen mein Geld, Frau Tiefenthal, das kenne ich seit Jahren. Aber Sie gefallen mir. Und so grottenschlecht, wie die Rumplinger kicken, nicht zum Aushalten. Bemmerers Sohn spielt da auch, keine Rakete allerdings, wenn Sie mich fragen. Die bringen mich ins Grab. Unsere Firma läuft gut, weltweit, ein Familienunternehmen seit mehreren Generationen. Was wir hier in Poltringen an Gewerbesteuer zahlen, unglaublich! Aber in Ordnung. Seifenblasen und Fußball, das passt. Und wenn wir gleichzeitig die Jugendmannschaften fördern, dann umso besser. Reden Sie mit Bemmerer, der soll Fachleute zusammentrommeln, solche, die finanziell unabhängig sind. Wir müssen schnell handeln, zur neuen Saison einen Trainer mit Lizenz und ein paar Altbundesligakicker holen, deren Laufradius noch nicht auf einen Bierdeckel zusammengeschrumpft ist. Mit Geld kann man die überreden. Aílton ist leider in Rente. Fußball kommt auch bei meinen Partnern in Japan und Korea gut an. Wegen denen haben wir schließlich unseren Namen geändert. Leider.«

Annemarie freute sich über Holochs pragmatische Haltung. Ein Mann nach ihrem Geschmack, geschäftlich gesehen. Bulboflash – das klang in der Tat bescheuert. In ihrer Generation trauerte man dem alten Namen Blaschnell nach, doch international machte Bulboflash mehr her. Das Logo, ein Blitz, der in die traditionellen Röhrchen mit Seifenlauge einschlug und eine Flut von bunten Blasen produzierte, würde sich auf den Rumplinger Trikots blendend machen. Dafür würde Brunners Bratwurst weichen müssen. Fast hätte Annemarie Horst Holoch erzählt, wie sie als Kind mit der Kernseife ihrer Mutter eine Lauge angerührt, einen Strohhalm in das Glasschüsselchen gesteckt und vorsichtig versucht hatte, schillernde Seifenblasen in die Luft segeln zu lassen. Die meisten zerplatzten nach wenigen Sekunden, doch einige schafften es, eine Weile im Sonnenlicht herumzutänzeln. Robert war später auf Blasoschnell umgestiegen, und auch Daniel liebte die Poltringer Röhrchen. Ab und zu trug er sogar ein T-Shirt aus Holochs Fanshop … Rechtzeitig unterbrach Annemarie ihren Nostalgieschub und verzichtete darauf, Holoch, der unruhig auf seinem Schreibtischstuhl hin und her rutschte, daran teilhaben zu lassen. Wahrscheinlich konnte der diese Seifenlaugen-

und Glasschüsselchen-Geschichten nicht mehr hören und entspannte sich abends an seiner Playstation.

»Ein Wort noch, Herr Holoch. Sie wissen, in welchem Zustand der Sportplatz ist?«

»Selbstverständlich, Frau Tiefenthal. Ich habe mit Frau und Kindern am Wochenende eine kleine Wanderung unternommen, einen Ortstermin sozusagen. Mit grauenvollem Ziel: erst der Rumplinger Rübenacker und danach die Taverne von diesem Perikles, dem neuen Liebling aller Griechenlandfans. Kocht übrigens ganz ordentlich, obwohl nicht gleich auf jeder Seite der Speisekarte ein Kretagedicht Ihrer Degenhardt-Dingsbums stehen müsste. Natürlich waren wir unauffällig da. Das hätte noch gefehlt, dass mir der Störzer oder irgendeiner, der mit mir zur Schule gegangen ist, über den Weg gelaufen wäre. Scheinheilige Bande. Der Platz, die Umkleidebaracke, wo noch immer die Korbballständer aus meiner Jugend herumstehen, und das Kartenhäuschen mit der Holztheke für die Würstchen, die der nächste Orkan wegbläst – das ist eine Schande, das muss alles weg. Ich finde da in Herrenberg und Tübingen ein paar Kosponsoren, keine Sorge. Wollen mal sehen, ob die Rumplinger lieber den Araber zum Zug kommen lassen oder mich. Die Genehmigung wird dauern, aber erst einmal muss die Sache mit dem Gewerbegebiet und dem lächerlichen Bahnhof vom Tisch. Unterirdische Bahnstation in Rumplingen, jeder macht sich zum Deppen, so gut er kann. BULBOFLASH-Arena nennen wir das Ganze aber erst in drei Jahren.«

Holoch war über die Länge seiner Rede selbst überrascht. Damit musste Schluss sein.

»Frau Tiefenthal, ich muss in die Produktionshalle. Wir wollen eine zwei Meter hohe Blitzskulptur testen, aus der ununterbrochen Seifenblasen in Leuchtfarben hervorschießen. Ideales Werbemittel für Kaufhäuser. Wenn die SG Regionalliga spielt, stellen wir das am Eingang und während der Halbzeitpause im Mittelkreis auf. Machen Sie es gut. Übernächste Woche sollten wir den Etat für die kommenden Saisons durchgehen. Ich spreche mit der Laienspielschar, die den Verein derzeit führt. Die werden vor Rührung losheulen und uns machen lassen. Und kein Wort zu Störzer.«

Horst Holoch wandte sich ab, merklich verstimmt darüber, wie viel Zeit er Annemarie geschenkt hatte und wie viel Zeit ihm deshalb für die Seifenblasen verlorengegangen war. Mehr als ein »Grüß Gott« und ein »Meine Sekretärin gibt Ihnen was mit« hatte er für sie nicht mehr übrig. Ein Mineralwasser oder einen Kaffee hatte er ihr erst gar nicht angeboten. So musste sie auch nichts austrinken. Holoch sprang davon. Seine Sekretärin, die offensichtlich zur Annemarie-Tiefenthal-Fangemeinde gehörte, überreichte ihr selig strahlend einen bunten Karton.

»Herr Holoch hat gesagt, dass Sie ein Enkelkind haben, Frau Tiefenthal. Das da – unser Piratenset mit einem Gewehr, das Seifenblasen, ich meine, BULBOFLASHS, abfeuert – ist für den Kleinen. Und …«, sie drehte sich zur Seite, um sicherzugehen, dass ihr Chef nicht mehr in Hörweite war, »... auf Facebook habe ich Ihnen eine Freundschaftsanfrage geschickt.«

Annemarie bedankte sich und klemmte das Piratenteil in ihre Handtasche. Über die Freundschaftsanfragen verlor sie allmählich den Überblick. Sie musste mit Bastian telefonieren. Aber erst mit der Bartholdy. Und dann mit der Fernsehredakteurin, die ihr mit quietschender Stimme auf die Mailbox gesprochen hatte. An das Essen mit Renner wollte sie nicht denken. Eins nach dem anderen.

16

Sie hatte Mühe zu folgen. Und falsches Schuhwerk an den Füßen. Warum tue ich mir das an?, dachte sie und hatte keine Augen für das, was ihr Begleiter als herrliche Aussicht zu preisen nicht müde wurde.

»Geht's noch?« Robert war ein anderes Tempo gewohnt. Seine Kreuzschmerzen hatten zum Glück nachgelassen. Früher, als er mit Carla im Schönbuch ausgeschritten war, hatte es kaum einen gegeben, der mit ihnen Schritt hielt. Dieses Flanieren oder Nach-zweihundert-Meternstehen-Bleiben hatte mit einer Wanderung nichts zu tun. Vielleicht war es ein Fehler gewesen, Eva-Lisa Bartholdy mitzuschleppen. Eine vernünftige Wanderhose schien sie nicht zu besitzen. Streng genommen hatte er sich diese dienstliche Exkursion nur ausgedacht, um ihr nahe zu sein. Seit Wochen lag sie ihm in den Ohren, quetschte ihn über Annemaries Absichten aus, wollte Hintergrundinformationen zu den Bauplänen. Ausgerechnet von ihm. Parallel dazu horchte sie Annemarie aus und spielte sich als ihre Förderin auf. Als würde seine Mutter das nicht alles ohne die Hilfe einer Moderatorin hinbekommen, die Angst hatte, in einem Landesstudio am Österberg zu versauern.

Immerhin verfügte Eva-Lisa über Kontakte zu fast allen Parteien. Mit einem SPD-Mann war sie wohl mal liiert gewesen, hieß es. Und mit einem von der CDU auch. Hilfreich hatte ihm das zugeraunt, doch er hatte sich nicht von seinem Plan abbringen lassen.

»Wir sind gleich oben am Schloss, Eva.«

Gegen seine Gewohnheit blieb er stehen, um auf sie zu warten. Er sah ein Rotkehlchen aufgeregt im Unterholz verschwinden. Weiter vorn an der Wegbiegung sauste ein Eichhörnchen eine Fichte hinauf. Schon war nichts mehr von ihm zu sehen. Wie wohltuend es war, im Altweibersommer eine Albwanderung zu machen, unter der Woche, wenn sich kaum einer in diese Gegend verirrte. Zwei Tage lang hatte er einen Plan ausgeheckt und Hilfreich dann mit einer Selbstverständlichkeit, als würde er das regelmäßig tun, davon überzeugt, dass er einen Tag vor Ort verbringen müsse, um die Plätze zu begehen und zu überprüfen, die für sein Literaturevent infrage kämen. Herausfinden, wo sich Literatur, Ökologie und Politik am besten verknüpfen ließen, irgendwie. Mit Unterstützung von AMT, hatte er hinzugefügt, lachend, doch Hilfreich nahm alles ernst, was Roberts Mutter anging, und war mit ihrem Kürzel längst vertraut. Man könne damit groß herauskommen, den Tübingern eins auswischen, die Deufelhardt-Brunzel-Erben ruhigstellen und Trendsetter sein.

Noch nie hatte sich Robert Hilfreich als Trendsetter vorgestellt. Egal, Hauptsache, er spielte mit und genehmigte ihm seinen Tagesausflug auf die Alb. Ohne sich Gedanken zu machen, hatte Robert Eva-Lisa vorgeschlagen, ihn zu begleiten, ihre Rückfrage »Über Nacht?« ignoriert, das Lamm in Dettenhausen als Ziel ihres Ausflugs und einen Parkplatz am Stadtrand als Treffpunkt vorgeschlagen. Konspirativer Autowechsel. Roberts Saab glänzte wie seit Jahren nicht mehr. Um ein Haar wäre Carla am Wochenende stutzig geworden: »Seit wann saugst du die Kiste denn aus?« Schnell hatte er irgendetwas von verschüttetem Mehl genuschelt. Zum Glück hatte Daniel sie unterbrochen und Carla in Beschlag genommen. Wie kühl und strategisch er handelte, beinahe wurde er sich unheimlich.

»Können wir uns auf die Bank da vorne setzen?«

Wer rastet, der rostet, wollte Robert antworten, doch er beherrschte sich.

»Gern, da haben wir einen schönen Panoramablick.«

Eva-Lisa versuchte ein Ächzen zu verbergen. Für einen Tag Anfang Oktober war es zu heiß, und der Höhenunterschied setzte ihr zu. Wahrscheinlich, dachte Robert, ist sie in der Lüneburger Heide oder in Nordfriesland aufgewachsen. Da wirken hundert Meter Aufstieg wie eine alpine Klettertour. Sie ließ sich auf den halben Baumstamm fallen, den der Albverein akkurat zur Bank umgebaut hatte und der einmal im Jahr auf seine Sicherheit hin überprüft und abgeschliffen wurde.

»Gefällt es dir ein bisschen?«

Robert zögerte, Eva-Lisa zu nahe zu kommen. Bei Adlers Abschiedsabend war ihm der Umgang leichter gefallen – nachdem sie ihm überraschend das Du angeboten hatte, wollte er sie auf die Wangen küssen, was misslang, da sie den Kopf abwandte und er auf ihren Lippen gelandet war. Zum Glück hatte sich niemand für sie interessiert. Alle Augen waren auf Dieter Thomas Heck gerichtet gewesen. Mehr war nicht geschehen, doch es hatte genügt, um Robert in Unruhe zu versetzen. Wie froh er war, dass Carla mit ihrem Kindergarten ausgelastet war, ja in letzter Zeit sogar davon sprach, die Schnauze voll zu haben von diesen verwöhnten Gehobene-Mittelschicht-Eltern, die aus allem ein Problem machten und im Zweifelsfall ihre Kindlein als verfolgte Unschuldslämmer darstellten. Robert hatte abends, sobald Daniel im Bett war, den Kopfhörer aufgesetzt, die Augen geschlossen und CDs gehört, erleichtert, dass Carla ihn nicht ansprach und ihn nicht aus seiner Versenkung riss.

Danach flogen die SMS zwischen Eva-Lisa und ihm hin und her. Carla ahnte nichts, da war er sich sicher. Als er heute Morgen ganz beiläufig von einer Besichtigungstour zum Lichtenstein, nach St. Johann und Sonnenbühl sprach, wo er eine Mittagsfreiluftlesung direkt neben dem Golfplatz plante, stutzte sie, wie oft in letzter Zeit. Aber vielleicht bildete er sich dieses Stutzen nur ein. Bring mir was mit, Robert, hatte sie ihm zugerufen, als sie mit Daniel im Schlepptau das Haus verließ und die Tür hinter sich zuwarf.

Jetzt saß er da, mit einer schönen, klugen, ehrgeizigen Frau, und wusste nicht, was er tun sollte. Einer wie Hilfreich wäre ganz anders vorgeprescht. Robert fehlte jede

Affärenroutine. Wann hatte er sich in den letzten zehn Jahren zielgerichtet mit anderen Frauen befasst? So gut wie nie. Ja, da hatte es diese schwarzhaarige Volkshochschullehrerin gegeben, die ständig vorbeigekommen war und ihn um Unterstützung für ein Schreibseminar gebeten hatte. Als sie begann, ihm zweimal die Woche eigene Erzählungen zu schicken, erkaltete seine ohnehin schwach entfachte Leidenschaft blitzartig. Von feinsinnigen Liebespaaren zu lesen, die sich in der Bärenhöhle verirrten und von Erdgeistern oder Elfen gerettet wurden, das erstickte sein erotisches Feuer im Nu. Künstlerische Produktion machte nicht alle Menschen attraktiver. Das Seminar fand leider ohne Unterstützung der Kulturbehörde statt.

»Hast du was zu trinken dabei?«

Eva-Lisa schien dem Verdursten nah und wischte sich die verschwitzte Stirn mit einem winzigen Taschentuch ab. Robert hatte vorgesorgt und holte eine Wasserflasche aus seinem Rucksack. Eva-Lisa trank gierig und erholte sich zusehends. Mit einem frechen Lächeln wandte sie sich Robert zu.

»Willst du für immer hierbleiben, Robert? Nicht hier auf der Bank, meine ich, sondern überhaupt? Ich nicht. Ich will in die Großstadt, dahin, wo ich das Gefühl habe, wirklich zu leben. Einen Mann habe ich auch keinen. Nur notgeile Verehrer, die aus ihren putzigen Kleinfamilien ausbrechen wollen und zu feige oder zu geizig sind, für Sex zu bezahlen.«

Sie trat gegen einen Kieselstein, der den Abhang hinunterrollte, bis er im hohen Gras verschwand. Robert saß starr neben ihr. Notgeile Verehrer. Meinte sie ihn? Er war noch nie bei einer Prostituierten gewesen. Eva-Lisa redete sich in Fahrt. Wie er sie unterschätzt hatte.

»Ich würde dich gern küssen, gern mit dir schlafen. Du bist keiner von diesen Karriereheinis, die sich nach jedem Sex eine Kerbe in den Colt ritzen. Oder du tarnst dich gut. Außerdem wärst du mein erster parteiloser Liebhaber in den letzten Jahren. Hilfreich, der alte Bock, hat dich sicher über alles informiert.«

Eva-Lisa strich ihm mit einer Hand übers Gesicht. Robert hielt still, scheute sich, die Augen zu schließen. Er sagte nichts. Was hätte er auch sagen sollen? Carlas Namen nennen? So tun, als sei er auf dem Absprung, als denke er nicht an einen Seitensprung? Ein ungeheuer angenehmes Gefühl, er wollte seinen Kopf nicht wegdrehen, er wollte nur reagieren, nichts abwehren, nichts zulassen, nichts entscheiden. Eva-Lisa hörte nicht auf, mit ihren Fingerspitzen sein Gesicht abzutasten, sie blieb an seinen Lippen hängen, fuhr deren Konturen langsam ab, zwei-, dreimal. Mit einem leisen »Jetzt gibt's kein Zurück mehr« schob sie ihren Oberkörper nach vorn. Robert rückte ein Stück näher. Er spürte eine Hand an seinem Nacken, ihre plötzlich fest zupackende, entschlossene Hand, die Roberts Kopf mit einem Ruck heranzog. Um ihn zu küssen, keine Frage. Fast wäre es ihr gelungen. Wenn sich Roberts Fuß nicht in der Verankerung der Bank verhakt hätte. Wenn ihm nicht ein höllischer Schmerz in die Lenden und in den Rücken gefahren wäre. Sein lädierter Rücken, der in den letzten Wochen erfreulicherweise Ruhe gegeben hatte. Robert versuchte seinen Fuß zu befreien, geriet dabei ins Wanken, während Eva-Lisa wie eine Klette an ihm hing und keine Anstalten machte, seinen Nacken loszulassen. Roberts Fuß klemmte fest, er warf sich nach vorn, seinen Oberkörper zur Seite drehend. Er schrie auf vor Schmerz. Eva-Lisa klammerte sich noch immer an ihn, schien ihre Absicht, ihn zu küssen, nicht aufzugeben, bis der eingeklemmte Fuß plötzlich freikam, Robert nach vorn schnellte, Eva-Lisa mit sich riss – und beide, einander umklammernd, von der Bank stürzten, ins Gras, dem Kieselstein folgend, und dort wie überraschte Käfer liegen blieben. Robert jammerte, so lange, bis Eva-Lisa ihn mit einem entschlossenen Kuss zum Schweigen brachte. Einem Kuss, auf den Robert, seine Schmerzen mit einem Mal vergessend, so reagierte, wie es sich Eva-Lisa erhofft hatte. Kusslippen, sie hat Kusslippen, dachte er, während er sie küsste und beinahe vergessen hätte, dass sich ein kantiger, spitzer Stein in seinen Oberschenkel bohrte. Wenigstens nicht in den Rücken.

Dritter Teil

1

Der erste Schnee. Für zwei, drei Vormittagsstunden blieb der Schnee liegen, ehe ihn die noch kräftige Novembersonne dahinschmelzen ließ. Carla blickte aus dem Schlafzimmerfenster hinüber zur Wurmlinger Kapelle, die allen Wetterkapriolen trotzte und keinen Abriss zu befürchten hatte. Sie hatte sich vom Kindergarten abgemeldet – Magenverstimmung, ein Wort, das ihr leicht über die Lippen ging.

»Hanna, du schaffst das ohne mich heute. Nichts Schlimmes, morgen bin ich wieder auf dem Damm.«

Ihre Kollegin hatte verständnisvoll, fast zu verständnisvoll reagiert, als redete sie mit einer Unzurechnungsfähigen, der man nicht widersprechen durfte. Seit Wochen ging es ihr nicht gut. Sie fand kaum Schlaf, wälzte sich und wurde von Albträumen gequält. Robert tat so, als schliefe er tief und fest, doch sie kannte ihn, wusste, wann er nur vorgab, gleichmäßig zu atmen. Manchmal schnappte sie sich mitten in der Nacht ihr Bettzeug und legte sich auf das durchgelegene Sofa in der Abstellkammer. Sie versuchte, die Träume zu vertreiben, Träume, die immer vom Gleichen handelten: von schrecklichen Unglücken, die

Daniel zustießen, vom Verlassensein … und bisweilen davon, dass sie auf Robert einschlug. Seit Wochen ging das so, seit Roberts Albausflug mit der Bartholdy, nachdem die ihn mit schmerzendem Rücken, verstauchtem Fuß und einer mit Grasflecken überzogenen Hose abgeliefert hatte. »Ich bringe Ihnen den Mann zurück«, hatte die blöde Kuh gesagt und sich schleunigst davongemacht.

Robert hatte alles gestanden. Und dabei betont, dass es gar nichts zu gestehen gebe. Eine dumme Idee, eine Verwirrung, ja, ein Kuss auch oder zwei. Unterhalb des Lichtensteins. Carla hatte dieses Schloss noch nie gemocht. Eine Attrappe aus Zuckerguss, nach einem Roman erbaut, wie lächerlich, ein Märchenungetüm, das sie ein einziges Mal mit Daniel besichtigt hatte. Ausgerechnet dorthin war Robert mit der Radiokuh gewandert. Ein Kuss oder zwei. Sie hatte Robert weder verziehen, noch hatte sie ihm nicht verziehen. Zwischen ihnen herrschte eine Funkstille, die nur Daniel auffiel. Annemarie hatte genug um die Ohren, und Robert stürzte sich so intensiv in sein Literaturprojekt, als müsse er die Probezeit überstehen. Von der Bartholdy war nicht mehr die Rede, allenfalls wenn Annemarie von ihr sprach. Carla fragte nicht nach. Was ihr Vorwürfe von ihren Freundinnen einbrachte, die verlangten, dass sie ihm genau auf die Finger sehen müsse. Carla schüttelte nur den Kopf: Was sollte das nützen? Entweder er blieb bei ihnen oder nicht. Sie wusste, dass andere Männer ihren Frauen ganz anderes zumuteten. Die Hose mit den Grasflecken hatte sie mit einer Schere zerschnitten und in den Müll geworfen. Robert hatte nie nach ihr gefragt. Obwohl es eine seiner Lieblingshosen gewesen war.

Carla schlug die Zeitung auf, wo wieder einmal über die verfahrene Situation in Rumplingen diskutiert wurde. Ein Leserbriefschreiber griff Pfarrer Peralta an, der den Allerheiligengottesdienst politisch missbraucht habe. Ein anderer lobte Horst Holochs Engagement für den Sportverein, während ein Dritter sich über die Mahnwachen lustig machte, die Bastian und Rechkemmer Woche für Woche abhielten. Die Polizei war mehrmals eingeschritten und hatte Rechkemmers verrostete Eggen und klapprige Schaukelstühle weggeschafft.

Sie sah wieder hinüber nach Wurmlingen und dachte erneut daran, zum Jahresende zu kündigen. Andernfalls würde sie Weihnachten nicht verkraften. Sie würde sich selbstständig machen, ein exquisites Kinderlädchen in Tübingen eröffnen. Sie würde die versnobten Ökomütter einfangen – nur die, die sie wollte – und ihnen das Geld aus der Tasche ziehen. Horrend teure Gebühren verlangen, allenfalls zwölf Kinder aufnehmen. Ein Lieferant – »Bioland-Milchprodukte aller Art« – hatte sie auf den Gedanken gebracht und ihr ein leer stehendes Ladenlokal genannt, mit Gärtchen, in der Haußerstraße …

»Carla, Carla, bist du da?«

Annemarie verzichtete wie immer darauf zu klingeln und rief stattdessen das Haus zusammen. Sie stürmte die

Treppe hinauf, ohne Carla die geringste Möglichkeit zur Reaktion zu geben.

»Du hast doch Zeit, oder? Warum bist du überhaupt daheim? Bereitest du die Scheidung vor? Was sich wegen dieser Bartholdy nicht lohnt, wenn du mich fragst. Die ist, unter uns, ohnehin auf dem Absprung. Sag Robert aber nichts davon. Der soll ruhig ein bisschen schmoren und davon träumen, mit dieser anstrengenden Person ein neues Leben zu beginnen. Was er aber auf keinen Fall tun wird, wenn es ums Eingemachte geht.«

»Möchtest du ...?«

Carla kam nicht zu Wort und gab nach. Sie bat Annemarie in die Küche, ihren Lieblingsort für Gespräche. Annemarie trug ihr schwarzes Kampfkostüm mit rotem Schal, ein Anzeichen, dass sie Größeres vorhatte. Eigentlich hatte sie seit Monaten jeden zweiten Tag Größeres vor, dachte Carla und goss ihr eine Tasse Kaffee ein.

»Nein, nein, keinen Kaffee heute. Ich bin aufgeregt genug. Gestern Abend, der Abend mit Renner, meinem glutäugigen Verehrer, war schrecklich. Ich konnte ja nicht anders, seit Wochen habe ich diesen Horrortermin hinausgeschoben, ihn vertröstet. Ein verschrobener Rumplinger auf Freiersfüßen, was für eine Vorstellung. Aber du weißt ja, Renner ist nicht unwichtig für uns, wegen seiner Grundstücke unten am Sportplatz, wenn er die dem Ismail abtritt, dann gute Nacht! Unser arabischer Freund würde ihn mit Geld, Gold oder Kamelen zuschütten. Vielleicht auch mit seinem Harem ...«

»Annemarie! Was für ein Unsinn. Möchtest du …?«

»Ja, ja, ich weiß schon, das mit den Haremsfrauen stimmt nicht mehr, soviel ich weiß. Obwohl … die Vorstellung, dass Renner mit ätherischen Ölen eingerieben wird, eine Haremsschönheit Blockflöte spielt und ihm mit einem Bauchtanz auf die Pelle rückt, hat etwas. Beruhige dich, Carla, ich weiß Bescheid. Aber wie gesagt, ich muss Renner bei Laune halten. Du hättest ihn sehen sollen, wie aus dem Demeter-Ei gepellt sah er gestern aus. Ein Anzug, den er wahrscheinlich in den Achtzigern gekauft und seitdem sicher nur zweimal getragen hat. Mit fliederfarbenem Einstecktuch. Was war ich froh, dass mich in dem Steakhouse keiner erkannt hat. Die, die da waren, haben Fußball geschaut. Renner hat das alles nichts ausgemacht, auch nicht, dass ich einen Tisch am Gang zur Toilette reserviert hatte. Üble Gerüche, das sag ich dir, aber Renner hatte nur Augen für mich. Wahrscheinlich hat er einen Flirtratgeber im Internet bestellt, wo drinsteht, dass man der Angeschmachteten in die Augen schauen soll, treudoof und kuhäugig, nein, besser schafsartig. Wusstest du übrigens, dass er schielt?«

Carla schenkte Annemarie Tee ein, was diese mit »Nein, nein, Tee auch nicht. Hast du keinen Grappa?« kommentierte und dabei ihren Redefluss sichtlich erschöpft kurz unterbrach. Carla überlegte einen Moment lang, von sich, ihrer Zukunft und dem Kinderladen zu erzählen, davon, wie sie ihre Ehe retten wollte – was für eine dramatische, überzogene Formulierung! –, doch sie merkte wieder einmal, dass Annemarie danach nicht der Sinn stand. Stattdessen lehnte sie sich in ihrem wackligen Küchenstuhl zurück und hörte ihrer Schwiegermutter mit halbem Ohr zu. Wie sie kein Detail des gestrigen Abends – Rendezvous habe Renner es genannt – ausließ. Den Antipastiteller für zwei, den Renner unbedingt als Vorspeise bestellen musste, obgleich er sich darunter offensichtlich etwas anderes vorgestellt hatte. Der bärtige Kellner, der seinen Finger in die Thunfischcreme am Tellerrand getaucht und keine Wimper verzogen hatte. Die Lebensgeschichte Renners, die, wie Annemarie betonte, eine gewisse Tragik besitze, wenn man, wie Annemarie ebenfalls betonte, damit nichts zu tun habe. Seine Verlobung mit einer Reutlingerin, die vor dreißig Jahren wegen eines anderen auseinandergegangen sei. Wobei der andere in der Gosse gelandet sei, irgendwo in der Stuttgarter Altstadt. Die Grundstücke, die er ihr einzeln aufzählte, mindestens ein Dutzend an der Zahl, nicht nur in Rumplingen, das Haus, das er mit seiner Mutter bewohnte, nicht mitgezählt …

»Nach dem dritten Wein – ich selber bin beim Schorle geblieben –, stell dir vor, Carla, ist er rührselig geworden. Geld allein macht nicht glücklich, flüstert der mir zu, während seine Gabel in die Sauce béarnaise plumpst. Zum Glück hatte ich nur meine Allwetterbluse angezogen, bloß kein übertriebener Schick! Auf der sieht man die Flecken nicht. Ich habe kaum was gesagt, ihm nur andächtig gelauscht. Bis er nach dem vierten Glas erzählt hat, was sein Freund Ismail ihm geboten hat. Summen, sage ich dir, Carla, da schlackert man mit den Ohren, unfassbar!«

Carla hörte staunend zu. Ihr fehlte jede Beziehung zum Geld. Dass Robert und sie ihr Auskommen hatten, reichte ihr. Sie wollte mit ihm und Daniel glücklich sein. So einfach war das. Und bisher gab es keinen Grund zur Klage. Manchmal sehnte sie sich nach ihrem lethargischen Mann zurück. Bevor Annemarie aufgetaucht war und Robert mit gefrusteten Rundfunkmoderatorinnen rumgemacht und im Amt ungeahnte Aktivitäten entwickelt hatte. Man müsse, sagte er neulich, die Sache mit den politisch engagierten Schriftstellern groß aufziehen, überall Plätze des literarischen Widerstands ausbauen, Walser, Westernhagen und Willemsen einladen.

Unmerklich stellte Carla das Zuhören ein. Sie dachte daran, wie es wäre, ganz allein zu leben. Das heißt, nur mit Daniel. Eine Freundin schwärmte ihr seit einem Jahr von dem herrlichen Zustand vor, endlich keine Rücksichten mehr nehmen, sich nicht mehr das Gejammere ihres Mannes anhören zu müssen, dessen anstrengende Familie endlich los zu sein. Ungläubig hatte Carla ihr zugehört, und selbst jetzt überzeugte sie der Gedanke nicht. Sie hatte Robert nicht aus Versehen geheiratet. Sie wollte bei ihm bleiben. Sie hielt sich an ihrer Teetasse fest und sah aus dem Küchenfenster. Ein Mann machte sich hinterm Haus an den Obstbäumen zu schaffen. Renner, keine Frage. Wahrscheinlich lauerte er seiner Angebeteten auf.

»Hörst du mir überhaupt zu, Carla?«

Nein, wollte Carla antworten, entschied sich dann aber anders: »Natürlich, du tust mir richtig leid.« Durch ihre

Unaufmerksamkeit hatte sie verpasst, wie und wo der Abend mit Renner geendet hatte. Nur einzelne Satzfetzen waren hängen geblieben – »Werde ihn mir warmhalten« … »Fast hätte er mich umarmt« … »Wir müssen, lieber Herr Renner, bald wieder einen Abend miteinander verbringen.«

»Da unten wartet Renner auf dich.«

Annemarie schrak auf und stieß gegen ihre Teetasse, aus der sie keinen Schluck getrunken hatte. Der Inhalt ergoss sich über den kleinen Holztisch, an dem Carla so gern saß, wenn niemand da war.

»Wer, Renner? Das auch noch! Lenk ihn bitte ab, frag ihn irgendwas, nach der Achthundert-Jahr-Feier, der Wettervorhersage oder so was. Ich hab keine Zeit, ich muss mich mit Peralta und unserem Seifenblasenproduzenten treffen. Und danach mit Milotin. Würde es euch etwas ausmachen, wenn wir Weihnachten alle zusammen verbringen würden? Das ist für Daniel doch das Schönste, oder?«

Annemarie wartete keine Antwort ab und schlich sich aus der Wohnungstür, während Carla widerwillig das Küchenfenster öffnete und so tat, als würde sie ein Staubtuch kräftig ausschütteln. Wie immer würde sie tun, was Annemarie anordnete. Über Weihnachten müsste man aber noch einmal in Ruhe sprechen. Wer war Milotin? Ein neuer Investor? Ein serbischer Neuzugang für die SG Rumplingen? Wahrscheinlich sollte ein mit einer deutschen Dorffamilie gemeinsam verbrachtes Weihnachtsfest dazu dienen, den

Mittelstürmer besser zu integrieren und dem Kulturschock Belgrad–Rumplingen vorzubeugen.

Carla öffnete das Fenster, atmete tief durch und beschloss, sich nachher den Laden in der Haußerstraße anzusehen. Bis Daniel aus der Schule kam, blieb genug Zeit. Robert hatte ihr beim Frühstück hastig gesagt, dass es heute Abend später werden würde. Eigentlich ein gutes Zeichen, dass er so redete, wie Schauspieler in Fernsehschmonzetten redeten, wenn es um Seitensprünge und Ehebrüche ging. Seitensprünge, Ehebrüche … was für blöde altmodische Ausdrücke das waren.

2

Bild berichtete! Endlich. Zwar nur auf den Stuttgartseiten, aber immerhin. Annemarie kaufte sich am Tübinger Bahnhof gleich drei Exemplare. Da hatten Bastian und seine Facebook-Freunde ganze Arbeit geleistet. Über Wochen hatten sie die Sache hochgeschaukelt, kleine Indiskretionen verbreitet und Petitionen in die Welt geschickt, bis man im Tübinger und im Rottenburger Rathaus unruhig geworden war. Und sogar aus der Landesregierung meldeten sich die ersten besorgten Stimmen. Allein das Wort Bahnhof machte die nervös, und da kaum einer von denen die winzige Rumplinger Station kannte, fürchtete man jede Berichterstattung, die von zerstörten Flussufern, heimatlosen Forellen und verschandelten Dörfern handelte, und das alles wegen eines tiefergelegten Bahnhofs.

»Wer stoppt den Wahnsinn? Sie tut es: AMT.« Brav druckte die *Bild*-Zeitung Annemaries Slogan ab, mit einem Bild, das sie zeigte, wie sie Neckarenten mit alten Toastbrotkrümeln anlockte. Nie in ihrem Leben hatte sie Freude daran gefunden, Tiere zu füttern. Die sollten sich ihre Tagesration selbst beschaffen. Es hatte eine halbe Stunde gedauert, bis sich der Fotograf zufriedengab und er von der natürlichen Anmutung, wie er sagte, der Szene überzeugt war. Fast konnte man den Eindruck gewinnen, Annemarie verbringe jeden Nachmittag an den gefährdeten Neckarauen und versorge stumpfsinnige Wasservögel.

Der Artikel enthielt kaum Falschinformationen und hob ganz auf Annemaries Einsatz ab. Dass sie der junge Journalist als »renitente Rentnerin« bezeichnete, störte sie allerdings. Er zitierte ein paar Wirtschaftsvertreter, die sich auf Ismails Seite stellten und von einer einmaligen Chance für die Region sprachen. Sogar die Degenhardt-Brunzel wurde zitiert, wenn auch nur am Rande als Degenschwert-Plunzel. Immerhin war sie auf einem verschwommenen Foto zu sehen, vor einem Fischerboot stehend, bestimmt einem griechischen. Vor allem aber wies der Artikel darauf hin, dass Annemarie Gast in Wieland Backes' letztem *Nachtcafé* sein werde, zusammen mit einem Unterwäscheunternehmer, der seine Produktion nach Deutschland verlegt hatte, einer Pfarrerin, die neuerdings Kinderbücher schrieb, dem singenden Andreas Adler, einer Malerin, die Mann und Kinder wegen eines zwanzig Jahre Jüngeren von heute auf morgen verlassen hatte, und einem Fleischgroßhändler, der begonnen hatte, sich vegan zu ernähren. Und Annemarie eben. Alles unter dem Motto »Es ist nie zu spät. Wenn sich Menschen zu neuen Ufern aufmachen«.

Zusammen mit der Bartholdy und mit Bastian, der mittlerweile im Sender Ansehen genoss und bei Studioleiter Wachinger als Wunderwaffe in Sachen Neue Medien galt, hatte Annemarie einen Schlachtplan entworfen. Sie würde es ausnutzen, dass Backes in seiner letzten Sendung auftrumpfen und sich als unangepasster Intellektueller geben würde, und ihrem Ruf als renitente Rentnerin gerecht werden. Den Bahnverkehr von Tübingen und Rottenburg wollten sie am Tag der Ausstrahlung lahmlegen und durch einen Facebook-Aufruf die ganze Trasse mit einer Menschenkette blockieren. Wie früher. Die Altgrünen in der ganzen Region würden aufjubeln. Dass sie das noch einmal erleben durften. Die Rizzolis boten an, für die Menschenkette lebensgroße Büsten anzufertigen, Wutbürgerfiguren, die Fastnachtshexen nachempfunden wären und das Ganze auflockern sollten. Bastians Freund Milotin organisierte eine Fahrradsternfahrt nach Rumplingen, und die beiden Griechenwirte wollten sich einen Auberginenauflauf ausdenken, der dem Regendach der Bahnstation nachempfunden war. Hans Küng hatte einen Aufruf unterschrieben und den Papst aufgefordert, es ihm gleichzutun. Margot Käßmann war angefragt, zusammen mit Peralta einen ökumenischen Gottesdienst abzuhalten. Das würde sie sicher tun. Ortsvorsteher Störzer, der sich nach seiner Burn-out-Pause erstmals wieder zu Wort meldete, kritisierte das und lehnte im Mitteilungsblatt einen solchen ökonomischen Gottesdienst ab. Worauf er vom *Tagblatt* mit Spott übergossen wurde, einen weiteren Burn-out vermeldete und sich umgehend in den Erholungsurlaub bei seinem Bruder in Trochtelfingen zurückzog. Holoch würde die Trassenaktion mit einem Seifenblasenfeuerwerk begleiten. Was für ein Bild, hatte er ausgerufen und kindliche Begeisterung an den Tag gelegt. Ein sonniger Spätherbsttag, friedliebende Menschen, die Hand in Hand auf den Gleisen stehen und sich von seinen im Sonnenlicht glänzenden BULBOFLASH-Salven berieseln ließen. Das würde den Umsatz ankurbeln und wäre ideal, das Projekt »SG Rumplingen – The Future« in die Medien zu bringen. Vielleicht könnte man Lothar Matthäus als Schirmherrn gewinnen – für das Traineramt in Rumplingen kam er wohl nicht infrage. Holoch und Annemarie trafen sich inzwischen alle paar Tage und entwarfen Maßnahmenkataloge, die sie Bastian sicherheitshalber vorlegten. »Wir müssen, lieber Herr Holoch, auf dic jungen Leute hören und uns nicht überschätzen.«

Zuerst aber galt es, die Fernsehsendung zu überstehen und die *Bild*-Zeitung zufriedenzustellen. Annemarie hatte sich einen Tag lang Zeit genommen, um sich in Stuttgart passend einzukleiden. Weder zu trutschig noch zu keck, so musste sie auftreten. Eine Mischung aus Aufsässigkeit und vertrauensbildender Maßnahme. Von einer Rentnerin, die aufbegehrte und eine ganze Region aufzumischen begann, erwartete niemand Sand- und Beigetöne. Wenn es nach Renner – und nach Milotin – ging, war ihre erotische Ausstrahlung immer noch stärker als die einer funzeligen Kellerlampe. Die Einkaufstour in Stuttgart ließ sich zudem gut mit Journalistengesprächen verbinden. Der SWR war durch die Tübinger Zweigstelle aufmerksam geworden, und bei der *Stuttgarter Zeitung* witterte man eine gute Gelegenheit, den Umweltminister zum Reden zu bringen. »Hintergrundgespräche nennt man das, mein lieber Sohn«, hatte sie Robert erläutert, als sie von ihren medialen Aktivitäten in der Landeshauptstadt berichtete. Der hatte abwesend genickt, mit einer Fahrigkeit, die er seit einiger Zeit an den Tag legte. Als erwäge er eine wichtige Entscheidung. Annemarie hatte ihm über den Kopf gestrichen, wie früher, wenn er als Kind vom Fußballspielen nach Hause kam und die verschwitzten Haare in alle Richtungen abstanden.

Sie war ein wenig nervös, als sie sich unprofessionellerweise eine Viertelstunde zu früh beim Sender einfand. Der Pförtner winkte ihr zu und wies freudig erregt den Weg. Eine Redaktionssekretärin würde sie abholen. Er habe sie in der *Bild* gesehen, sie solle sich, raunte er ihr zu, nicht unterkriegen lassen und den anderen die Butter vom Brot nehmen. Backes sei, das habe er in der Kantine gehört, ganz scharf auf ihr Gespräch, weil er sich ja auch als ein Rebell sehe. Annemarie setzte sich in die hinterste Ecke der Sitzgruppe im Wartebereich und schlug die Beine so übereinander, wie sie es geübt hatte. Der Rock war kurz, kürzer als alle ihre anderen Röcke, doch die Bartholdy hatte ihr gesagt, dass sie Bein zeigen solle. Und da auch schon ihr dahingeschiedener Eberhard bis zuletzt von ihrem hochansehnlichen Fahrgestell gesprochen hatte, glaubte sie das und hatte den pflaumenfarbenen Rock gekauft, der ihre elegant bestrumpften Beine fast makellos aussehen ließ.

Rundfunkmitarbeiter wuselten hin und her. Annemarie kannte niemanden und wunderte sich darüber, wie selbstverständlich sie mit der Situation umging. Einige ihrer alten Stuttgarter Nachbarinnen hatten sie angerufen und so aufgeregt losgeplappert, als würden sie selbst im *Nachtcafé* auftreten. Mit Engelsgeduld hatte sie alle beschwichtigt und war dabei selbst ganz ruhig geworden. Was hatte sie zu verlieren? Immer weniger, fand sie und nahm sich vor, Backes nicht nach dem Mund zu reden und die anderen, wo es ging, aus der Fassung zu bringen. Anecken, unkonventionell bleiben und trotzdem ernst genommen werden – in diesem Dreieck bewegte sie sich seit Wochen und schlug sich nicht schlecht, wie ein Tübinger Medienwissenschaftler ihr per Mail geschrieben hatte. Vielleicht, dachte sie, während sie an ihrem Rock zog, würden sich der vegane Metzger oder der Trikotagenfabrikant gut als Sparringspartner machen. Ihre Vorliebe für geschmorte Ochsenbäckchen würde sie für sich behalten.

Sie sah zum Aufzug, dessen Tür sich langsam aufschob. Eine junge Frau stöckelte auf sie zu und strahlte sie an, als habe Annemarie soeben einen Hauptgewinn in der Klassenlotterie gewonnen.

»Frau Tiefenthal, herzlich willkommen beim Südwestrundfunk. Unser Redaktionschef erwartet Sie schon, und Herr Dr. Backes möchte unbedingt vorab ein paar Worte mit Ihnen wechseln, ehe die anderen kommen. Ich hoffe, Ihnen geht es gut und Sie hatten eine angenehme Anreise?«

Annemarie folgte ihr. Wie gut, dass sie sich gegen flache Schuhe entschieden hatte. Die zog sie nur auf den Rumplinger Versammlungen an. Zu hohe Schuhe erregten da Aufsehen. Mehr konnte sie nicht tun. Den Rest musste die Maske erledigen. Zum Glück gab es bei ihren Mitstreitern auch einiges zu tun, dachte sie und stellte sich den Wäscheproduzenten vor, der vergeblich versuchte, mit seinen bunten Fliegen von seinen abstehenden Ohren und der unschönen Halbglatze abzulenken. Nicht alle Männer alterten besser als Frauen.

3

»Nimmst du ein Glas?«

Carla reagierte nicht. Sicher absichtlich, dachte Robert und stellte trotzdem zwei Gläser auf den Couchtisch, der zur Hälfte wieder einmal mit Daniels Spielsachen – mehreren Holzkreiseln, einem Tierbestimmungsbuch und zwei Überraschungseiern, die den Tag überraschenderweise heil überstanden hatten – belegt war. Robert entkorkte die Weinflasche, einen Syrah, von dem er wusste, dass Carla ihn mochte. Wahrscheinlich würde sie nicht einmal merken, was er ihr einschenkte, oder seine entgegenkommende Wahl bewusst ignorieren.

»Ist es nicht schön, dass uns Mutter wieder zusammenführt?«

Carlas Blick sprach Bände, und Robert wunderte sich selbst über die kühne Unbefangenheit, mit der er versuchte, gut Wetter zu machen. Seit Wochen hatten sie nur die allernötigsten Worte miteinander gewechselt. Carla zog sich in ihr fest gemauertes Schneckenhaus zurück und gab sich nur gnädig, wenn Daniel in der Nähe war. Um ihn kümmerte sie sich vorbildlich, wie immer. Und um Annemarie, der sie bei allerlei Aktionen zur Hand ging, und um ihren Kindergarten, den sie, wie sie Robert kürzlich nach dem Frühstück mitgeteilt hatte, bald verlassen werde. Auf seine Nachfrage hin hatte sie ausweichend geantwortet: »Man muss manchmal Entscheidungen treffen. Solange man sie noch treffen kann.« Mehr war ihr nicht zu entlocken gewesen. Robert hatte versteinert reagiert und alles auf sich und seinen … ja, seinen Fehltritt bezogen.

Nun aber saßen sie nebeneinander. Daniel schlief, nachdem er sich nur einmal rufend gemeldet und nach einem Glas Wasser verlangt hatte – eine der von ihm meisterhaft eingesetzten Methoden, die Bettruhe hinauszuzögern. Nebeneinander, ja, aber Carla zog eine Demarkationslinie und platzierte ein dickes Kissen zwischen sich und Robert, die raue, mit einem Zopfmuster versehene Seite ihm zugewandt. Nicht demonstrativ und dennoch unmissverständlich.

Über den Fernsehschirm zog sich die Ankündigung des *Nachtcafés*, dessen Thema Robert mit einem Mal ganz besonders erschien: »Es ist nie zu spät. Wenn sich Menschen zu neuen Ufern aufmachen«. Er beobachtete Carla aus den Augenwinkeln. Sie verzog keine Miene, bezog das Kommende anscheinend nicht auf sich. Wenigstens tat sie so. Seit der Sache mit der Bartholdy kam ihm seine Frau selbstbewusster und unnachgiebiger vor, als ob sie nicht mehr daran interessiert wäre, ihm entgegenzukommen. Seine aufflackernden Rückenschmerzen ignorierte sie konsequent. Einmal hatte sie ihm die Telefonnummer von Dr. Kreuzmann herübergereicht. Was er wiederum ignoriert hatte.

»schöne sendung. wenn sie nicht alles rausschneiden. viel spaß.« Mehr als diese SMS war Annemarie nicht zu entlocken gewesen. Nach der Aufzeichnung hatte sie sich aus dem Staub gemacht. Natürlich ohne ihm Bescheid zu geben. Carla hingegen war informiert. Annemarie habe sich drei Tage freigenommen und sei mit diesem Miroslav, oder wie der mit seinem Fahrradreparaturdienst hieß, zu einer Tour durchs Neckartal aufgebrochen, mit dem Rad den Fluss entlang, Richtung Nürtingen. Selbstverständlich im Dienst der ökologischen Aufklärung.

»Wer ist Miroslav?«, hätte Robert beinahe erwidert, doch stattdessen hatte er gesagt: »Ach so, mit dem.« Zu oft wollte er nicht den Eindruck erwecken, von allem ausgegrenzt zu sein. Im Kulturamt war ihm das lange genug so ergangen. Erst in letzter Zeit, nach den Degenhardt-Brunzel-Erfolgen und seinen Literatureventplänen, interessierte man sich gelegentlich für seine Einschätzungen.

Die unverkennbare Einstiegsmusik der Talkshow, Wieland Backes' Gesichtszüge … seit wie vielen Jahren gab es das *Nachtcafé*? Schon immer, dachte Robert und suchte den Bildschirm nach seiner Mutter ab, während Backes ein Vorgespräch mit einem Fondsberater, einem Aussteiger führte, der nun Schafe durch den Schwarzwald trieb. Robert war aufgeregt. Dass seine Mutter plötzlich im Fernsehen auftrat und so tat, als sei ihr das in die Wiege gelegt worden, mit einer absoluten Selbstverständlichkeit und einem Selbstbewusstsein, das ging ihm zu weit. Auch Carla richtete sich auf, nahm einen Schluck Wein und schien nicht minder nervös. Endlich hörte der Schafhirte, der sich einen Zottelbart hatte wachsen lassen und Backes viel zu lang von den Vorzügen seiner Schafsmilch berichtete, mit seinen Erzählungen auf, und Backes gesellte sich zu seiner Fünferrunde.

»Mutter!«, rief Robert, aus Versehen gewissermaßen. Er hüpfte auf dem Sofa auf und ab, das Kissen und Carla folgten wohl oder übel der Bewegung.

»Da sitzt sie!« Robert behielt seine Gedanken nicht für sich und sprach jeden Satz nach, mit dem Backes seine Teilnehmer und vor allem Mutter dem Publikum präsentierte. Neckartalrevoluzzerin … Bürgerschreck … Umweltaktivistin … Rentnerrebellin – eine Vokabel jagte die andere, und alle galten Annemarie.

Warum nur, dachte Robert, nimmt er sie nicht als Erste dran? Das hält man ja nicht aus. Stattdessen durfte Andreas Adler weitschweifend von seinem Entschluss erzählen, die Bühne zu wechseln, von der Kommunalpolitik ins Schlagergeschäft. Backes versuchte ihn zu reizen und zitierte genüsslich aus Adlers Schlagern. Doch der lächelte zurück, so unangreifbar, wie damals bei seinem Abschied im Rathaus. Es gebe Leute, sagte Adler, die zufrieden seien, wenn sie dreißig Jahre eine Talkshow moderieren dürften, und es gebe andere wie ihn, die neugierig seien, an die eigenen Grenzen zu gehen. In Festzelten wie in Rumplingen aufzutreten, das sei eine größere Herausforderung als jede Stadtratssitzung. Beim Wort Rumplingen sprach er Annemarie direkt an, die schlagfertig den neuesten Adler- bzw. Eagle-Song zitierte: »Es ist nie zu spät, wenn der Wind sich dreht.« Die beiden schickten sich an, das Heft in die Hand zu nehmen, wohingegen der Wäschefabrikant von den Hungerlöhnen in Bangladesch und die Malerin von den Liebeswonnen, die ihr junger Lover ihr schenkte, erzählen wollten. Wieland Backes ließ Annemarie gewähren, sie flirtete mit dem Metzgermeister und erbat sich von ihm das Rezept eines veganen Menüs, das er als die Rettung der Menschheit anpries. Plötzlich wandte sich Backes Annemarie ganz persönlich zu, rückte näher an sie heran und wollte mit gut einstudierter Unschuldsmiene wissen, warum sich eine solide Stuttgarter Hausfrau und Großmutter in die Politik und in ein Dorfleben, das ihr zuvor ganz fremd war, einmische. Ob es mit Angst vor dem Alter, vor dem Nicht-mehr-gebraucht-Werden zu tun habe?

Robert brummte nach einigen Minuten der Schädel. Es wäre allmählich an der Zeit, sich nicht mehr über seine Mutter zu wundern. Carla rutschte nach vorn an den Sofarand und fieberte mit. Sie schüttelte den Kopf, als der Trikotagenmann einwarf, man solle bei seinen Leisten bleiben und die Politik den Politikern überlassen, und gestikulierte freudig erregt, als Annemarie ihn auflaufen ließ, von Fachidioten, wirtschaftlichen Interessen und der Mündigkeit des Einzelnen sprach. Dann zitierte sie ein paar Landschaftsverse der Degenhardt-Brunzel, in denen ein Einhorn sich mit Sumpfdotterblumen schmückte, und versah sie mit dem Hinweis, dass Moderator Backes als studierter Geograf sicher wisse, welche Bedeutung es habe, über intakte Lebensräume zu verfügen.

Zuletzt, nachdem die schreibende Pfarrerin ausführlich von den singenden Petersilienwurzeln erzählt hatte, die in ihren Kinderbüchern die Hauptrolle spielten, kündigte Annemarie ohne jede Vorwarnung an, dass sie eine Partei zu gründen gedenke, die Annemarie-Tiefenthal-Partei, kurz AMT, erst auf lokaler Ebene, dann sehe man weiter. Das wäre doch etwas für Talkmaster im Ruhestand, oder? Wieland Backes nahm es gelassen hin, schmunzelnd wie eh und je, und verwies auf seine Neutralität. Erstaunlich, dass man diese Passage, Parteienwerbung gewissermaßen, nicht herausgeschnitten hatte. Annemaries Rock war im Eifer des Gefechts nach oben gerutscht, zu weit nach oben, wie Robert fand. Er blickte unwillkürlich auf Carlas Beine, die allerdings in einer blickdichten Jeans steckten.

Dann war die Sendung zu Ende. Robert sank erschöpft zurück, während Carla ihren Wein austrank und auflachte. Sie wandte sich Robert zu, der sie ängstlich ansah. Ja, sie lächelte ihn an, eindeutig.

»Deine Mutter ist völlig verrückt. Schade, dass du so wenig von ihr hast. Aber wer weiß, vielleicht ist es besser für uns, wenn du nicht wie ein wilder Stier jedem Spleen nachjagst, der dir durch den Kopf geistert. Es reicht, wenn du ab und zu aus dem Ruder läufst.«

Carla schenkte sich Syrah nach.

»Nimmst du noch ein Glas?«

4

Noch Tage später kannte Rumplingen kein anderes Thema als Annemaries glanzvollen Fernsehauftritt. Und die Lahmlegung des Bahnverkehrs, die wie am Schnürchen geklappt hatte. Ein Happening hätte man das früher genannt. Selbst die Polizei hatte sich milde gezeigt und lediglich dazu aufgefordert, die Trasse umgehend zu räumen. Ein schwerer Eingriff in die öffentliche Ordnung sei das. Bastian und seine Freunde hatten das organisiert, und die Seifenblasenaktion wurde auf Facebook zum Renner. Selbst die Alteingesessenen waren begeistert und schwärmten davon, wie Annemarie Backes um den Finger gewickelt, den Wäschefritzen zum Schweigen gebracht und sogar Andy Eagles Verkaufszahlen in die Höhe getrieben hatte. Ja, fast hätte man denken können, dass Backes Annemaries Charme erlegen war. Wenn er öffentlich mit der Partei sympathisieren würde, wäre das ein Coup. Annemarie nahm sich vor, die Sache langsam angehen zu lassen. Die Bartholdy würde vorfühlen, sie machte sich Hoffnungen, im Stuttgarter Sender unterzukommen. Als sei das besser als Tübingen, dachte Annemarie und gab vor, deren Pläne für eine prima Idee zu halten.

Sie hatte sich angewöhnt, nach Möglichkeit jeden Tag eine Runde durch den Ort zu drehen, einen Schwatz an dieser, einen an der nächsten Ecke zu halten. Ihre gut platzierten Plakate sah jedermann, die Zeiten, da sie nächtens abgerissen oder verschmiert wurden, waren längst vorbei. Annemarie unterhielt sich mit Frau Mildenberger, die mit einem Schrubber ihr Gartenmäuerchen bearbeitete. Das schmutzt so leicht, liebe Frau Tiefenthal, vor allem wenn es regnet. Zum fünften oder sechsten Mal wollte sie alle Details des TV-Auftritts erzählt bekommen.

»Nein«, beschwichtigte Annemarie und nahm sich vor, ihr bei Gelegenheit das Du anzubieten. Sie war als Strippenzieherin – Networkerin, sagte Bastian – unersetzlich. Sich mit einer Fernsehgröße, die Wieland Backes persönlich die Hand geschüttelt hatte, zu duzen, das war allerhöchstens von einer Begegnung mit Udo Jürgens zu toppen. »Nein, nein, das war kein Problem. Ich hab nur gedacht: Mehr als sich blamieren geht nicht. Wenn man älter wird, sieht man das gelassener. Das werden Sie merken, wenn Sie erst einmal mein biblisches Alter erreicht haben.«

Annemarie lächelte süßsauer, genau wissend, dass die Mildenberger, egal, wie sie sich aufbrezelte, höchstens zehn Jahre jünger war.

»Wir sollten, Frau Mildenberger, unseren Lesekreis interaktiv ausrichten, was halten Sie davon? Als Blog vielleicht, auf dem alle möglichen Meinungen zu unseren Büchern eingestellt werden. Vielleicht sogar mit regelmäßigen Skypekonferenzen. Mein Sohn meinte, das würde die Kulturämter interessieren. Stellen Sie sich mal vor: Sie und Frau Bemmerer online, die ganze Zeit!«

Annemarie verabschiedete sich mit einem Hinweis auf ihre politischen Aufgaben – eigentlich wollte sie vor allem zum Metzger. Nichts, da war sich Annemarie sicher, hatte die von alldem verstanden. Aber ebenso sicher war sie, dass die ihrem Mann beim Abendessen als Erstes die Neuigkeit auftischen würde, dass sie bald online wäre, die ganze Zeit.

Hackfleisch, Eier, Muskatnuss ... Semmelbrösel und Zwiebeln waren im Haus. Annemarie ging, während sie den Versicherungsagenten grüßte, der sich vor Kurzem in der Hofstattstraße niedergelassen hatte, ihren Einkaufszettel durch. Fleischküchle hatte sie Daniel versprochen – »Fünf Stück esse ich sicher, Oma! Darauf kannst du wetten!« –, und weder Carla noch Robert hatten eine passende Ausrede gefunden, das gemeinsame Abendessen auszuschlagen. Ein wunderbarer Anlass, die Eheleute einander wieder näherzubringen. Vor ihr und dem Kind würden sie sich halbwegs benehmen. Überhaupt schien der Haussegen weniger schief zu hängen als noch vor ein paar Wochen. Ein Telefonat, das Robert mit der Bartholdy geführt und das sie nicht unabsichtlich belauscht hatte, bestärkte Annemarie in diesem Eindruck. Liebeskranke klangen anders. Vermutlich war Robert sein erotisches Aufbäumen mittlerweile peinlich. Schon damals in der Tanzstunde hatte Annemarie ihm die Partnerinnen mundgerecht servieren müssen, es war ein Kreuz mit diesem Kind, bis heute. Gut, dass er Carla gefunden hatte. Immerhin würde das Fleischküchleessen eine wunderbare Gelegenheit bieten, über die Ausgestaltung des Weihnachtsfestes zu sprechen. Widerspruch würde sie sofort abbügeln, auch da war Daniel von Nutzen. Vor dem Kind wollte man ja nicht über Weihnachten streiten. Annemarie besaß klare Vorstellungen, wie sie mit ihren Lieben die Festtage verbringen wollte.

»Grüß Gott, Frau Tiefenthal! Habe ich Ihnen schon gesagt, wie toll wir Sie beim Backes gefunden haben? Sogar mein Mann, der alte Nörgler, war begeistert. Fast hätte er mir versprochen, wenigstens den Weg zum Haus zu entrümpeln, aber davon war am nächsten Tag keine Rede mehr, von Ihnen aber schon!«

Frau Rechkemmer lachte laut. Wie leicht es dieser Frau fiel, dachte Annemarie, sich mit den Schrullen ihres Mannes zu arrangieren. Ein Alteisenhändler, der häufiger zu Hause als im Geschäft war, sein Geld mit dubiosen Im- und Exporten verdiente und im Garten seines Häuschens die sperrigsten Objekte anhäufte, eine Schande für ganz Rumplingen, wie Störzer nicht müde wurde auszuführen.

»Danke, liebe Frau Rechkemmer, ich bin Ihrem Mann sehr dankbar dafür, wie engagiert er sich bei der Bahntrassenaktion beteiligt hat. Die alten Turngeräte und die ausgedienten Waschmaschinen waren ein tolles Motiv für die Fotografen. Sogar in der *Stuttgarter Zeitung* war das abgebildet. Da fehlte nur der Hinweis: Aus der Sammlung

Rechkemmer. Lassen Sie uns bald mal zu Perikles gehen, ich hab da wegen der Gemeinderatswahlen so eine Idee …«

»Ach, Frau Tiefenthal, wenn Sie eine Idee haben, dann endet das im Fernsehen, in der ARD diesmal, am Samstagabend, wetten, dass? Neulich hat mich eine Cousine aus Mönchengladbach angerufen, die sich sonst nie meldet, und mich ausgefragt, was denn bei uns los sei. Eine Tante aus Tailfingen hat ihr davon erzählt, deren Schwägerin wiederum in Kusterdingen wohnt und die ihr alles haarklein berichtet hat. Ob wir wie das gallische Dorf, Sie wissen schon, sind, wollte sie wissen. Als Kämpfer gegen den Investor aus dem Morgenland, Sie wissen schon. Ich erzähl Ihnen das beim Griechen ganz genau. In einem Vorort von Mönchengladbach hat sich jetzt eine Bürgerinitiative gebildet, nach unserem Vorbild, die wollen den Mitschnitt Ihres Auftritts beim Backes zeigen. Machen Sie's gut, ich muss heim, wenigstens am Gartentor Ordnung schaffen.«

Frau Rechkemmer rauschte davon, so geschwind, als hätte sie Hoffnung, ihrem Mann ein Schnippchen zu schlagen. Was, wie Annemarie ihr hinterherrufen wollte, natürlich aussichtslos war.

Annemarie ging langsam weiter. Sie genoss den klaren Novembermorgen, fürs Wochenende war erneut Schnee angekündigt. Rumplingen machte um diese Uhrzeit einen noch verlasseneren Eindruck als sonst. Alle in der Schule, bei der Arbeit oder beim Einkaufen. Hier und da streunte eine Katze durch die Vorgärten. Tiere, dachte sie, Tiere sind wichtig, keine Kühe, vor denen fürchtete sie sich, aber Katzen. Sie musste mit Holoch sprechen. Dass der seit Jahr und Tag mit einem putzigen Eichhörnchen für seine Sachen warb, war genial. Wenngleich niemand wusste, was Eichhörnchen mit Seifenblasen zu tun hatten. Katzen waren gute, freiheitsliebende Tiere, die sich von Menschen nichts sagen ließen, auch nicht von Hassan Ismail und seinen Freunden. Katzen wären sehr gut, irgendein Katzensymbol, ein reizendes schnuckliges Vieh, das zur Furie wurde, wenn ihm etwas gegen den Strich ging. Vielleicht könnte man sogar sie, die den Wahnsinn stoppende Annemarie Tiefenthal, als Katze stilisieren, auf Buttons und Icons. Sie musste Bastian anrufen. Vielleicht wäre es gut, sich selbst eine Katze anzuschaffen. Für Homestorys. Wer die Rumplinger Wiesen und Auen erhalten wollte, musste tierlieb sein.

»Grüß Gott, Frau Tiefenthal. Wie schön … Sie hier … und nicht in Stuttgart, beim Fernsehen oder Rundfunk!«

Einen Moment lang war sie unaufmerksam, in ihren Gedanken versunken gewesen. Und prompt lief sie Renner in die Arme, der ihr mit einem Farbkübel entgegenkam. Einem schweren Teil offensichtlich, denn er selbst atmete ebenso schwer, und trotz der kühlen Morgenluft stand ihm der Schweiß auf der Stirn. Wie gut, dass er sie treffe, posaunte er über die ganze Straße und setzte den Eimer abrupt ab. Annemaries Einwurf, sie habe zu tun, ignorierend, hob Renner zu einer langen, sehr umständlichen Rede an. Er gestikulierte, wischte sich die feuchten

Finger an seinem Handwerkerkittel ab, fuhr sich durch die Haare und näherte sich Annemarie Schritt für Schritt.

Er habe sie gesehen, da bei dem Backes, seine Mutter, seine Brüder und er hätten sich eigens zu einem gemütlichen Fernsehabend getroffen, mit Wurstsalat und frischem Most. Verrückte Leute seien das da gewesen, lauter Verrückte, aber sie habe ihm gefallen und seiner Mutter auch. Sein Bruder Toni, der ein hohes Tier in Herrenberg sei, habe sie gelobt, obwohl er sonst für Bauvorhaben sei, überall. Aber das mit den Ausländern, die sich einmischten im ganzen Land, das sei ihm zu viel, und dass eine wie sie, die Frau Tiefenthal, eine waschechte Stuttgarterin, gegen solche Machenschaften sei, das finde er großartig, sein Bruder, und er natürlich auch. Und weil die von der Zeitung und vom Fernsehen jetzt ja alle Hui im Dorf seien, auf der Suche nach Motiven, einer habe sogar seine Mutter beim Unkrautjäten gefilmt und sie gefragt, ob das eine alte Dorftradition sei, diese Tätigkeit, jetzt, wie gesagt, sei es an der Zeit, dem Haus einen frischen Anstrich zu verpassen. Er werde die Miete anheben müssen, nicht viel, da es, wie die Rizzoli ihm gesagt habe, wertsteigernd sei, wenn eine wie sie, Frau Tiefenthal, in seinem Haus wohne, von da aus alles plane, wie die Kanzlerin in ihrem Amt. Dann würde man später eine Plakette am Haus anbringen, habe die Rizzoli gesagt, so etwas wie »Hier lebte Annemarie Tiefenthal, die unerschrockene …«, ja irgendwas in der Art. Da hätte sie doch sicher nichts dagegen. In Eigenregie mit seinen Brüdern würden sie das machen, ruckzuck, und der Störzer könne in die Röhre schauen, den Auftrag bekomme der nicht. Er sei immer dagegen gewesen, den Störzer zum Ortsvorsteher zu machen. Ein einfacher Malermeister, eine Schande sei das, in dem Globalismus, den es heute überall gebe …

Annemarie spürte Unruhe aufkommen.

»Das ist ein wunderbarer Gedanke, lieber Herr Renner, stellen Sie sich vor, wie sich Ihr Haus in der *Landesschau* machen wird. Vielleicht kann ich die Redaktion ja überzeugen, dass Sie zu Wort kommen. Ein so fortschrittlicher Hausbesitzer, der weltoffen ist und sich gegen sinnlosen Fortschritt wendet, das hat man nicht alle Tage, oder?«

Renner verstummte mit einem Schlag. Er im Fernsehen? Das überstieg seine Vorstellungskraft. Erst als Annemarie fortfuhr und ihm versprach, sich sofort zu melden, sobald die Redakteure den genauen Termin durchgäben, kam er wieder zu sich. Die bräuchten sicher den ganzen Tag für ihre Aufnahmen. Das neue Sportheim wollten sie auch gleich filmen. Vielleicht wäre es gut, wenn Renner sich dann besonders schick machen würde, so mit Anzug, das wirke im Fernsehen solider und ansprechender, vor allem auf das weibliche Publikum.

Renners rechte Hand suchte den Farbeimer und griff ins Leere. Hätte er nach Worten gesucht, hätte er keine gefunden. Dass er Annemarie nach einem gemeinsamen Restauranttermin fragen wollte, spielte mit einem Mal keine Rolle mehr. Das Wort Fernsehen traf ihn wie ein Keulenhieb. Benommen winkte er Annemarie, die sich schnell verabschiedet hatte, mit jener Hand hinterher, die den Farbeimer immer noch nicht gefunden hatte. Er musste umkehren und alles seiner Mutter berichten.

Annemarie seufzte erleichtert auf. Die von der *Landesschau* würden sich bedanken, eine solche Figur ins Bild zu setzen. Andererseits brächte Renner viel Lokalkolorit in eine Sendung. Dass es auch im 21. Jahrhundert in schwäbischen Dörfern nicht an Originalen fehlte, ließ sich mit Renner bestens veranschaulichen. Mussten Originale originell sein?, dachte Annemarie und steuerte auf Brunners Metzgerei zu. Der braun-weißen, stupide lächelnden Plastikkuh, die neben dem Eingang Passanten in den Laden locken sollte, schenkte sie keinen Blick. Was für eine Schnapsidee, ein solches Kunststoffvieh, vermutlich ein Werbemittel der Fleischerfachgeschäfte, auf den Gehweg zu stellen. Und dazu offenbar ein besonders dämliches Tier, das sich darüber freute, zum Schlachthof geführt zu werden. Ein Kilo Hackfleisch, eine Handvoll Speckwürfel und Fleischkäs, daumendick geschnitten, das war's. Brunner selbst stand im Laden und war kaum daran zu hindern, Annemarie vor Begeisterung ein Saitenwürstle über die Theke zu reichen. Gestern Nachmittag seien wieder Touristen bei ihm gewesen, mit Zeitungsausschnitten und einem Rottenburger Stadtplan in der Hand.

»Aus Mutlangen waren die, Frau Tiefenthal, um die sechzig alle. Sie wollten sich persönlich ein Bild machen von der Quelle des Aufstands, die Fackel hochhalten, die von damals, was weiß ich. Einen Scheiß haben die dahergeredet, aber gleich sechs Wurstsemmeln und zwei Flaschen Apfelsaft gekauft. Alles artgerecht gehalten, habe ich denen erzählt, selbst die Äpfel. Gestrahlt haben die, so wie mein Sohn, wenn er ein neues Handy bekommt. Zu Ihrem Haus wollten die, sich davor fotografieren lassen. Das ist geheim, habe ich denen erklärt, aus Sicherheitsgründen, wegen der Araber. Da haben die sich erschrocken und gleich noch ein Viertel Butterkäse gekauft. Der ist von Rumplinger Kühen, habe ich behauptet, was ja fast stimmt. Darf's, liebe Frau Tiefenthal, von der Schinkenwurst ein bissle mehr sein?«

»Rumplinger Kühe? Verschonen Sie mich. Das hätten Sie gern, dass wir neben dem Sportplatz bald Rinderherden, seltene Rassen mit bestem Steakanteil, grasen lassen. Wahrscheinlich haben Sie sich mit dem Renner abgesprochen, der liegt mir neuerdings auch mit Kühen in den Ohren. Sie wissen, dass ich diese scheinheilig sanftmütigen Viecher hasse, seit meiner Kindheit. Liegen gelangweilt auf der Wiese, käuen den ganzen Tag wieder, und ehe man sich's versieht, attackieren sie einen. Manche haben sogar Hörner. Seit meiner Kindheit, damals im Wallis ... ich boykottiere sogar Milka-Schokolade, nur damit Sie's wissen! Ihr Plastikmonster mag ich auch nicht. Sie und Ihre Kuh sind schuld, wenn ich nach Bühl oder Florida auswandere!«

Annemarie hielt rechtzeitig inne, begriff, dass es kein gutes Bild abgab, wenn sich eine Neckarrebellin vor friedlich muhenden Kühen fürchtete. Sie gab ihre Bestellung auf, kaufte einen Beutel frisches Fildersauerkraut und zwei

Portionen Ochsenmaulsalat – allein um Roberts Gesichtsausdruck zu genießen, wenn sie den glibberigen Salat verschlingen würde. Schon als Kind hatte er Ochsenmaulsalat gehasst, Zunge, Hirn, Kutteln und Metzelsuppe natürlich auch.

»Wissen Sie, wann der Störzer wieder arbeitsfähig ist?«

»Keine Ahnung. Am Sonntag war er im Gottesdienst und hat sich an den Peralta rangewanzt. Er sah aus wie ein weggeworfener Waschlappen, der Störzer. Nein, so schnell kehrt der nicht zurück. Für seinen Betrieb hat er einen Gesellen eingestellt. Aber wenn die Gemeinderatswahl näher rückt, wird ihn seine Alte schon antreiben. Das wird lustig.«

Annemarie packte ihre Siebensachen in den Weidenkorb und erinnerte Brunner an die Zusammenkunft im Vereinsheim, Holoch habe eine neue Finanzspritze angekündigt. Seitdem sich herumgesprochen hatte, dass die Rumplinger Kicker wachgeküsst werden sollten, interessierte sich die Lokalpresse wieder für deren Spiele. Und selbst die, die zuvor kein Bein auf den Boden gebracht hatten, kämpften plötzlich wie Briegel in seinen besten Zeiten. Drei Spiele hintereinander, sogar gegen die Zweite vom SV Tübingen, hatten sie gewonnen. Holoch gab zum Besten, dass die sein Geld gar nicht bräuchten, sondern auch so den Durchmarsch schaffen würden.

Brunner sagte sein Kommen zu und winkte seiner Lieblingskundin mit einem Saitenwürstle nach.

5

Bastian schleppte eine Studentin an, die ihre Magisterarbeit über Bürgerproteste in kleinteiligen Entitäten schreiben wollte. An der Tübinger Uni, im Fach Empirische Kulturwissenschaften. Was das denn sei, hatte Annemarie gefragt. In Stuttgart gebe es das nicht. Immerhin machte die junge Frau, Lena Bäuerle, eine Pfarrerstochter aus Affalterbach, einen zupackenden Eindruck und redete schneller, als der Uracher Wasserfall in dem Degenhardt-Brunzel-Atomwaffengedicht herunterprasselte. Sie hatte ihren Professor, der sich ansonsten mit der Ausbreitung des Halloweenfeierns im Oberland befasste, davon überzeugt, den Gründungsprozess von Annemaries Partei, der AMT, zu begleiten und in ihrer Masterarbeit zu analysieren. Da Bastian zu erkennen gegeben hatte, dass er für das Mädchen seine Hand ins Feuer legen würde, gehörte das Pfarrerskind ab sofort zum Wahlkampfteam – embedded oder wie das hieß. Eine Partei, die eigentlich noch gar keine war und vor der sich dennoch alle existierenden Parteien bereits fürchteten. Und dazu sollte sie eine Partei sein, die nicht jeden Spinner aufnahm, erste Erfolge überdauerte und sich nicht selbst zerfleischte. Da gab es viel zu bedenken.

Annemarie fühlte sich manchmal überfordert und klinkte sich aus, sobald sie die Ahnung von zu großer Anspannung beschlich. Durch Tübingen und Reutlingen konnte sie kaum gehen, ohne erkannt und angesprochen zu werden. Für alle Anliegen schien sie die Richtige zu sein. Jeder Querulant und Stänkerer machte sich an sie heran, weil die von sich dachten, Annemarie zu ähneln und längst einen Fernsehauftritt verdient zu haben. Überall wimmelte es von Unzufriedenen, überall schwappte die Erregung hoch. Der Grund war fast egal. Ob sie gegen die Fußgängerunterführung in Lustnau und den Türkeibeitritt in die EU ihre Stimme erhebe, ob sie für neue Fahrradwege in Sondelfingen und den Erhalt einer ihr völlig fremden Blutbuche in … ja, wo noch mal? … votiere?

Annemarie gewöhnte sich an, mit Mütze und dickem Schal in die Stadt zu gehen und keinem ihrer Sympathisanten nach dem Mund zu reden. Wenn es zu schlimm wurde und man sie nach dem Euro oder der Schonzeit für Wildschweine befragte, gab sie ihr Unwissen zu und ging, freundlich lächelnd, weiter. Und wenn es ihr zu viel wurde, bat sie Milotin, mit ihr irgendwohin zu fahren, für ein, zwei Tage zu verschwinden. Wie gut ihr dieser Mann mit Migrationshintergrund tat, der keinen Streich zu viel arbeitete, obwohl sein Kundenstamm rund um Tübingen größer und größer wurde. Keine Fahrradreparatur war ihm zu kompliziert, und vor allem bei den Dozenten- und Professorengattinnen, die sich gern radelnd zeigten, hatte er einen dicken Stein im Brett. Sie luden den gut aussehenden und gut erhaltenen Mann mit den scharf geschnittenen Gesichtszügen nach getaner Arbeit auf einen Kaffee und selbst gebackenen Dinkelkuchen ein – was er ihnen fast immer abschlug. Der nächste dringende Anruf, der nächste Nagel im Schlauch, die nächste defekte Gangschaltung … Nur wenn Annemarie anrief, ließ er alles stehen und liegen. Dann verschwand er spurlos und übergab die Aufträge seinen zwei Kompagnons, obwohl alle die Enttäuschung der Kundinnen erahnten, die ihre Hollandräder allein von Milotins kundigen Händen geheilt sehen wollten.

Annemarie und Milotin gaben ein merkwürdiges Bild ab. »Du bist eine einmalige Frau«, sagte er in seinem makellosen Deutsch, das sich einen kräftigen kroatischen Akzent bewahrt hatte. Absichtlich spreche er so, weil er wisse, dass seine Kundinnen, die oft über ein rumpelndes Akademikerschwäbisch nicht hinausgelangten, darauf abfuhren.

»Und wenn schon? Mein Fahrradbusiness und deine Wahnsinnspartei brauchen beide Markenzeichen, oder? Was hältst du davon, wenn du dir ein Wappentier zulegst, eine gutmütige Kuh vielleicht? Das finde ich besser als Katzen. Was macht eigentlich dein lieber Renner?«

Vielleicht war es das, was Annemarie an Milotin so mochte. Wie er sie aufzog – mit Kühen oder ihrer uneingestandenen Liebe zu ihrem Vermieter – und sie dennoch ernst nahm. Wie er, ohne zu klagen, akzeptierte, dass sich in Deutschland niemand für seinen Studienabschluss interessierte und er seine Butterseelen mit anderen Fertigkeiten verdienen musste. Wie neugierig er geblieben war und neben seinem florierenden Reparaturdienst da und dort aushalf, ja auch mit Leuten wie Bastian, die dreißig Jahre jünger waren, nicht anders als mit ihr redete. Und nicht zuletzt verspürte Annemarie immer öfter Lust, durch seinen Wuschelkopf zu fahren und über seinen Fünftagebart zu streichen. Ab und zu nahm sie sich das heraus und sprach danach im Stillen mit ihrem verstorbenen Eberhard, der keinen Widerspruch anmeldete. Wenn doch, dann hätte ihm Annemarie vermutlich das Wort abgeschnitten und ihm eine verschrobene, seiner Jenseitsposition zuzuschreibende Wahrnehmung vorgeworfen. Doch ehrlich gesagt war es ihr lieber, mit Eberhards Segen durch Milotins Wuschelkopf zu fahren und über seinen Fünftagebart zu streichen. Auf jeden Fall hatten ihr die beiden Tage im Haigerlocher Schlosshotel gutgetan.

»Habt ihr in einem Zimmer übernachtet?«, wollte Carla wissen, kaum dass Annemarie fünf Minuten zurück war. Robert zuckte zusammen. Jede Anspielung auf ein sexuelles Fortleben seiner Mutter nach Eberhards Tod hätte er am liebsten sofort unterbunden. Wenn er sich seinen Vorgesetzten Hilfreich ansah, der auch schon um die sechzig war, dann könnte man meinen, für manche sei der zweite oder dritte Frühling lebhafter als der erste. Als er seine Überzeugung, dass älteren Frauen – wozu er seine Mutter zählte – weniger an dieser Sache liege als älteren Männern, gegenüber Carla geäußert hatte, hatte die mit schallendem Gelächter reagiert und ihn gewarnt, er möge sich nicht zu früh in Sicherheit wiegen. Manchmal bräche die Leidenschaft gerade bei Frauen in fortgeschrittenem Alter vulkanartig aus. Was meist an einer Unterversorgung in den vorangegangenen Jahren läge.

»Natürlich, liebe Schwiegertochter, haben wir ein Doppelzimmer genommen. Allein schon aus Kostengründen. Geschenkt bekommt man da ja nichts. Lass deiner Phantasie freien Lauf, aber sprich nicht mit unserem Vermieter darüber. Sonst kriegt der einen Herzkasper. Die Schlossluft hat meinen Energiespeicher auf jeden Fall aufgefüllt. Randvoll ist der jetzt, sodass wir die nächsten Dinge anpacken können. Zuerst Weihnachten, dann die Parteischäfchen um uns sammeln, Hassan Ismail und Konsorten keine Verschnaufpause gönnen und mit Holoch die Fußballpläne voranbringen, während du, Robert, mit dem Albverein endlich gemeinsame Sache machst und im Frühjahr mit deinem Politliteraturfestival den Ruhm Reutlingens mehrst. Wie steht es eigentlich damit, irgendeine Sackgasse oder einen Hinterhof in Reutlingen nach unserer Dichterin zu benennen? Das würde zeitlich gut passen, und dein Hilfreich und der OB könnten so tun, als sei das auf ihrem Mist gewachsen.«

Robert starrte seine Mutter halb bewundernd, halb fassungslos an. Wie sollten sie das alles durchhalten? Ehe er antworten konnte, sprach Annemarie weiter. Die Haigerlocher Luft verlieh offenbar magische Kräfte.

»Nicht zuletzt steuern wir dann dem Höhepunkt entgegen, der Gemeinderatswahl und der Achthundert-Jahr-Feier. Das darf keine stinkfade Angelegenheit mit Blaskapelle und Freibier werden. Vielleicht könnte man in der Festhalle einen Kongress ausrichten, mit einem Festredner und bundesweitem Aufsehen. ›Widerstand im Kleinen, Erfolg im Großen‹ oder so ähnlich. Mit einem Reporter von der *Zeit* habe ich letzte Woche gesprochen. Das hat die Bartholdy vermittelt. Manchmal ist die zu etwas nütze. Hast du eigentlich noch Kontakt mit der?«

Carla warf Annemarie einen scharfen Blick zu, ohne ihre Arbeit am Wäschekorb zu unterbrechen. Robert versuchte gleichgültig zu wirken und weder Annemarie noch Carla in die Augen zu sehen. Er strich mit den Fingerspitzen über die Stereoanlage, als sei ihm der hauchdünne Staubfilm ein Ärgernis, das es umgehend zu beseitigen gelte.

»Nein, nein, gar nicht, das heißt, über die Behörde schon. Sie hat Hilfreich um irgendetwas gebeten. Außerdem ist sie ja wohl auf dem Sprung nach Stuttgart …«

Robert eilte schnurstracks in die Küche, warum auch immer, während Annemarie Carla, die an zwei Bettlaken zerrte, als wollte sie sie zerreißen, einen amüsierten Blick zuwarf.

»Kinder, Kinder, wo ist eigentlich Daniel?«, rief Annemarie mit nur leicht aufgesetzter Heiterkeit in die nur aus Carla bestehende Runde. »Was freue ich mich auf Weihnachten! Habe ich schon erzählt, was Milotin und ich planen? Wir wollen ja kein Weihnachtsfest wie vor hundert Jahren feiern, mit fetter Gans und Lametta. Milotin und ich haben uns etwas Besonderes ausgedacht, keine Sorge. Daniel ist ganz begeistert.«

6

Das hätte sich Annemarie denken können: Aus konservativen Rottenburger Kreisen, zu denen einige maßgebliche Unternehmer der Region zählten, bildete sich eine feindliche Front, die sie als lächerliche Figur bloßstellen wollte, als eine Frau, die unter Selbstüberschätzung leide und allein durch die Medien Aufmerksamkeit erfahre. Die Politik sei kein Experimentierfeld für Verrückte und schon gar nicht für verrückte Alte, die Chaoten aus ganz Deutschland anzögen. Wenn es schon in Berlin und Hamburg keine Krawallmöglichkeiten mehr gebe, dann sicher nicht in Rumplingen oder Rottenburg.

Auch Hassan Ismail machte Annemarie Sorgen. Er wollte und wollte nicht klein beigeben und gab sich mit einem Mal als verständnisvoller Wohltäter. Er spendete größere Beträge für eine Rottenburger Schulküche und das Müttergenesungswerk, er ließ Hochglanzbroschüren verteilen, die die Entwicklungsstufen für die Rumplinger Neckarwiesen in schönsten Farben zeichneten, und versprach Gelder für die Renovierung des Spritzenhauses. In einem Entwurf war sogar davon die Rede, die Gewerbeansiedlungen und die unterirdische Führung der Bahntrasse mit dem Ausweis neuer Weideflächen zu verbinden. Viehzucht, dafür war die Gegend zwar nicht bekannt, doch Ismail und seine Helfershelfer kündigten an, dass dafür edle exotische Rinder infrage kämen. Warum Rindfleisch für die Sternegastronomie aus Japan importieren, wenn man es in Rumplingen auf lange Sicht selbst züchten konnte? Er habe Kontakte zu Fachleuten. Solche Weiden seien Anziehungspunkte, sogar für Touristen. In einer der Broschüren waren kernige Rinder zu sehen, mit zottigem Fell und gewundenen Hörnern, die, stand da, grandioses Fleisch produzierten. Neue Züchtungen seien möglich, mit dem Markenzeichen RR, Rumplinger Rind. Wenn den Schwäbisch-Hallern das mit ihren gefleckten Schweinen gelungen sei, warum dann nicht eine neue Rindviehregion Rottenburg-Reutlingen-Rumplingen?

Annemarie hatte sich gewundert, dass Hassan Ismail, der jordanische Haustierfachmann, Tübingen ausklammerte. Rübingen wäre wohl besser gewesen. Schwergewichtige exotische Rinder, die verträumt über den sich windenden Neckar zur Wurmlinger Kapelle stierten, tausendfach am Tag, das machte ihr Angst. Zugeben durfte sie das nicht; zu furchtsam durften selbst alternative Politiker nicht erscheinen. »Dazu wird es nicht kommen«, sagte sie zu Horst Holoch, der ihr den Prospekt »Rumplingen 2020« vor die Nase gehalten hatte. »Und wenn ich persönlich dafür sorgen muss, dass die Kühe ihren trägen Arsch hochbekommen und die Flucht ergreifen.«

»Der will euch mit Geld zuscheißen!« Mehr hatte Horst

Holoch nicht erwidert. Und dass der Araber leider mehr Geld als er habe. Bevor er beginnen konnte, über den Fleischkonsum in der arabischen Welt, über Pfarrer Peraltas Heimatland Uruguay, wo es eine lange Rinderzuchttradition gab, und über Metzger Brunners Haltung zu diesem Projekt laut nachzudenken, sah er auf die Uhr.

»Herrschaftszeiten! Schon wieder zu spät, und alles wegen ein paar wild gewordener Kühe, die Rumplingen lächerlich machen würden. Ich muss zurück in die Firma. Ein Schweizer Experte für die längere Haltbarkeit von Seifenblasen will seine Ergebnisse vortragen. Eine Stunde, mehr Zeit kriegst du nicht, hab ich zu dem gesagt. Und ohne diesen PowerPoint-Mist, bei dem jeder auf die Leinwand starrt und nicht zuhört. Im Moment machen wir in einigen Fußgängerzonen Aktionen mit Versuchsballons, im wahrsten Sinn des Wortes, so übergroße Seifenblasen, BULBOFLASH MEGA soll das Zeug heißen. Sie müssten die Leute sehen, Erwachsene, die glänzende Augen bekommen, wenn diese Seifenballons über ihren Köpfen segeln, so vor sich hin wabern. Wenn ich mal viel Zeit habe, Frau Tiefenthal, erklär ich Ihnen das.«

Holoch lachte dröhnend und strömte eine Energie aus, die es mit der Annemaries aufnahm. Noch einmal fluchte er über die verplemperte Zeit und trieb Annemarie an, wegen der bevorstehenden Versammlung im Sportheim alles so zu organisieren, dass man für die nächsten Spielzeiten planen könne. Ehe er in seinen uralten Mercedes stieg, drehte er sich um: »Sie sind ein Käpsele, Frau Tiefenthal. Wäre ich nicht sauglücklich mit meiner Edeltraud verheiratet, könnt ich ins Grübeln kommen, bei einer Frau wie Ihnen. Aber bilden Sie sich nichts drauf ein!«

Annemarie tat so, als würde sie verschämt lächeln, und malte sich aus, wie das ganze Neckartal mit gigantischen Seifenballons überzogen wäre, riesige Zeppeline in schillernden Farben. Neben dem BULBOFLASH-Logo wäre vielleicht Platz für ein Porträtfoto von ihr. Guter Mann, der Holoch. Erstaunlich, wie sprunghaft ihre Verehrerquote anstieg. Wie in den Zeiten, als sie ledig gewesen war. Frau Holoch hatte sie noch nie zu Gesicht bekommen, die saß zu Haus und ließ ihren Mann herumwerkeln, wie er wollte. Sonst wäre es mit ihm wohl nicht auszuhalten.

Als Nächstes in die Sakristei zu Peralta. Der stand neuerdings in engem Mailkontakt mit Margot Käßmann. Über die wäre es vielleicht möglich, ein, zwei katholische Geistliche aufzutun, die keinen Dreck am Stecken hatten und der Ökumene zuliebe ein paar schöne Reden zum Fortschrittswahnsinn hielten. Das würde den Rottenburger Bischof ärgern, und wie. Lebten Drewermann und die Ranke-Heinemann noch? Aber Peralta musste noch fünf Minuten warten. Vorher ein Anruf, ein entscheidender Anruf, der für die SG Rumplingen lebenswichtig war. Die würden sich alle wundern morgen Abend.

7

»Der Lidl bin ich nicht! Merkt euch das. Wenn man Seifenblasen fressen könnt, dann wär ich vielleicht Milliardär, und ich würd euch den Ronaldo und den Messi im Doppelpack holen. Aber so muss ich mich nach der Decke strecken, Herrgott noch mal!«

Horst Holoch ließ sein Weizenbierglas auf die Tischplatte knallen und klatschte mit der linken Hand den Takt dazu. Ängstlich näherte sich der Wirt, der das frisch renovierte Vereinsheim vor wenigen Wochen übernommen hatte, dem Hauptsponsor und bat ihn, auf das empfindliche Tischmaterial Rücksicht zu nehmen.

So rasch man das Vereinsheim umgestaltet und Kabinen, die keine Abstellkammern mehr waren, für die Mannschaften umgebaut hatte, so deutlich sichtbar hatte man sich bemüht, den Charakter eines Clubhauses nicht zu verändern. Noch gehörte es zu einem Verein wie der SG Rumplingen dazu, dass verblichene Wimpel an den Wänden hingen, die Bierfilze Gebrauchsspuren aufwiesen, die Speisekarte nicht mehr als fünf Positionen aufwies und ein ewig gleicher Alkoholdunst über den hellbraunen Tischen hing.

Seit einer Viertelstunde wurde Holoch nicht müde, die Grenzen seiner finanziellen Reserven zu betonen. Natürlich wolle er, das habe er versprochen, einen namhaften Betrag in das Gelände investieren, das im nächsten Jahr, wenn kein Mensch mehr von den Plänen des Arabers spreche, eine kleine Tribüne bekommen solle. Was sofort begeisterten Applaus hervorrief. Wo früher an den Vereinsabenden allenfalls zwei Dutzend unverdrossene Rumplinger beisammensaßen, die auch gekommen wären, wenn sich der Club aufgelöst hätte, drängten sich heute knapp einhundertfünfzig Menschen dicht an dicht, trieben den Umsatz in die Höhe und wollten hören, wann der Verein seine Mission Bundesliga angehen würde. Vereinsvorstand Entenmann, ein Stuckateur, der vor vielen Jahren Rumplinger Torschützenkönig in der Bezirksliga gewesen war und nun so tat, als habe er höchstpersönlich Sponsor Holoch angelockt, gelang es nur mühsam, für Ruhe zu sorgen. Einerseits waren die Rumplinger hingerissen, wie Holoch, der Sohn ihres Dorfes, die Sache so unbürokratisch anpackte und mithilfe von Volksbankdirektor Bemmerer und Annemarie Tiefenthal, einer Frau, die sogar einen Abstoß von einem Abschlag unterscheiden konnte, binnen weniger Monate aus dem im Tabellenkeller vor sich hin dümpelnden Club einen ambitionierten Verein mit Perspektive gemacht hatte. Andererseits glaubten manche unter ihnen, mit Holoch einen beliebig anzuzapfenden Goldesel gefunden zu haben, der so blöd wäre, seine Seifenblasenmillionen in den Rumplinger Sand zu setzen.

»Ich bin nicht der Lidl!«, wiederholte Holoch und schien es zu bereuen, sich auf diese Bagage eingelassen zu haben. Doch schon im nächsten Moment überwog die Freude daran, seinem alten Verein, für den er schon in der E-Jugend gekickt hatte, auf die Sprünge zu helfen. »Tu, was du tun musst« – wie immer in den letzten fünfunddreißig Jahren hatte seine Frau den Nagel auf den Kopf getroffen und ihm grünes Licht gegeben. Ohne seine Edeltraud fällte er nie eine bedeutende Entscheidung. Was kaum einer wusste, nicht einmal sein Sohn, aber das war vielleicht auch besser so.

»Ist das Jägerschnitzel für Sie?« Der Ruf der Kellnerin riss Holoch aus seinen Überlegungen, denen er sich hingegeben hatte, während Entenmann umständlich wie eh und je die Bauvorhaben im Frühjahr und die Auseinandersetzungen mit der Gemeinde schilderte.

»Was die Zusammensetzung des Kaders für die kommende Saison angeht (Kader, das Wort war bislang für die Rumplinger Feierabendkicker nicht in Verwendung gewesen), so wird uns unser Freund, der Sportsmann Holoch, dazu nachher alles Nötige und, ich verrate nicht zu viel, Hocherfreuliches sagen.«

»Wer hat denn jetzt das Jägerschnitzel bestellt?« Die Kellnerin, die eingezwängt zwischen den Stuhlreihen drei Teller in Schulterhöhe jonglierte und es so gern losgeworden wäre, klang unwillig.

»Jägerschnitzel? Ja, für mich natürlich!« Holoch machte einen Satz, als wolle er ihr den Teller entreißen.

»Bleiben Sie sitzen, sonst haben Sie die Champignons in den Haaren und die Pfifferlinge im Schritt.«

Resolut setzte sie den randvoll mit tiefbrauner Soße bedeckten Teller ab, ohne auf Holochs Unterlagen Rücksicht zu nehmen. Entenmann, der gierig auf seine Maultaschen mit Ei starrte, erklärte die Versammlung für unterbrochen, damit sich jeder stärken könne. Große Aufgaben lägen schließlich vor allen.

Holoch bewunderte sein Jägerschnitzel von allen Seiten. Ständig luden ihn Geschäftspartner oder solche, die es werden wollten, in teure Restaurants ein und drängten ihn dazu, Suprême vom Perlhuhn oder Steinbutt in der Salzkruste zu essen. Was er manchmal tat und was ihn jedes Mal davon überzeugte, dass er für dieses verfeinerte Küchenbrimborium nicht geschaffen war. Das sollten andere essen und bezahlen. Seinen Fünfzigsten hatte er im Waldhorn in Bebenhausen gefeiert, was nicht zu verhindern gewesen war. Nicht einmal schlecht hatte es ihm da gefallen. Doch es reichte, wenn man sich solchen Luxus alle zehn Jahre gönnte. Was ihn leidvoll daran erinnerte, dass er bald sechzig wurde. Das würde wieder ins Geld gehen.

Da lob ich mir mein Jägerschnitzel, dachte er und schwor sich, dass das auf der Karte bliebe, bis sie in die Bundesliga aufgestiegen wären. Die leicht pampige Soße, die sich darin verlierenden Dosenpilze, das keineswegs zarte, aber flächige Fleischstück, eine unverzichtbare Dekoration, die aus einem Viertel Tomate und einem Stückchen ausgedörrter Petersilie bestand, die satte Portion Spätzle, deren Teig nicht zu viele Eier gesehen hatte, und das Glasschüsselchen mit grünem Alibisalat. Herrlich! Da konnten ihm alle Lammcarrés und Filetscheiben in Balsamico gestohlen bleiben. Allein deshalb mussten diese Edelrinderherden in Rumplingen verhindert werden.

Annemarie stand am Tresen, aß ein nicht minder liebevoll garniertes Käsebrot und trank ein Glas Weißwein. Halbtrocken, ekelhaft! Doch sie ließ sich nichts anmerken und verwickelte den Wirt, den die Vielzahl der Gäste ängstigte, in ein Gespräch. Darüber, dass Hassan Ismail den Gastraum in der kommenden Woche angemietet hatte. Für sich, seine Mitarbeiter und ausgewählte Freunde, die er vermutlich auf sich einschwören wollte. Der Araber habe das Fünffache der üblichen Miete auf den Tisch gelegt und beste Weine geordert, Weine, die der Wirt eigens in Tübingen bei einem Spezialimporteur eingekauft habe, die Flasche für über zwanzig Euro, unglaublich. Annemarie stimmte ihm zu und biss in ihr Käsebrot, über das sich eine Spur Paprikapulver zog.

Während der Wirt seine Kellnerinnen antrieb, rasch abzuräumen, um den ungeduldigen Holoch nicht ungeduldiger werden zu lassen, zog Annemarie ihr Telefon aus ihrer neonfarbenen Handtasche und schickte Holoch eine SMS durch den Saal. Der hatte, wie sie aus der Ferne beobachtete, sein Jägerschnitzel bis auf die letzten Soßentropfen, die er mit einem Stück Weißbrot auftunkte, verputzt und drängte die anderen zum Weitermachen.

Mit Annemarie hatte er den Überraschungscoup genau durchgesprochen. Auf die Frau war Verlass, wohingegen Entenmann, der Torjäger im Ruhestand, umständlich den nächsten Tagesordnungspunkt aufrief. Der Mann, beschloss Holoch, war nicht mehr lange zu halten. Der konnte allenfalls ein Torwandschießen in der Halbzeitpause organisieren oder sich um die D-Jugend kümmern.

»Darf ich nun, verehrte Sportkameraden, unseren Freund und Förderer Horst Holoch bitten, zu uns zu sprechen? Über die Zukunft unserer geliebten SG …«

Entenmann setzte sich schwerfällig, ohne dass ihn Holoch eines Blickes würdigte. Für Formalitäten war weder Platz noch Zeit. Holoch stand auf, schob seinen Jägerschnitzelteller, den die Kellnerin vergessen hatte abzuräumen, unwirsch beiseite und hielt als Erstes fest, dass er nicht um den heißen Brei herumreden wolle.

»Das Vereinsheim und die Gaststätte sind auf Hochglanz gebracht. Für unsere Spielerkabinen und die Duschen müssen wir uns nicht mehr schämen, und die Mannschaft hat sich in den letzten Wochen am Riemen gerissen, sodass wir die Klasse halten sollten.«

Holoch begrüßte kurz und bündig Spielführer Wachtler, der das Zeichen missverstand und etwas sagen wollte. Was Holoch mit einer eindeutigen Geste verhinderte.

»Wir werden, wenn uns die Ortsfremden und diejenigen im Ort, die sich mit den Ortsfremden verbünden, nicht ins Handwerk pfuschen, den Verein voranbringen. Die Volksbank und zwei, drei Unternehmer, die nicht länger warten wollten, haben angepackt und Geld ausgegeben für einen Dorfverein, der jetzt zeigen muss, dass er diese Investition wert ist. Ich bin aber nicht der Lidl, merkt euch das, ich habe keinen Geldscheißer zu Hause. Ich stelle Seifenblasen her und keine Goldbarren, falls das jemand vergessen haben sollte. Anders gesagt: Wir brauchen mittel- und langfristig richtiges Geld, sonst können wir den Traum von höheren Ligen vergessen. Sonst werden wir niemals ein Sportinternat auf die Beine stellen, um junge Spieler von der E-Jugend an zu fördern und groß herauszubringen.«

Keiner im Saal regte sich. Nur ein paar wenige, vermutlich die, die ihr Hörgerät zu Hause liegen gelassen hatten, wagten es, ihren Bierkrug zu stemmen und geräuschvoll aufzusetzen. Was von den anderen missbilligt wurde: doch nicht, während der Holoch redete!

Er habe, fuhr Holoch fort, mit Fachleuten und Spielerberatern gesprochen, auch unter denen gebe es seriöse, und man werde ab der kommenden Saison den Kader auf den Kopf stellen. Der Verein werde seine lokalen Wurzeln nicht verlieren, aber der eine oder andere müsse mit der zweiten Mannschaft vorliebnehmen. Andernfalls führe kein Weg nach oben.

»Also, Freunde, warum lang herumschwätzen? Uns ist es gelungen, mindestens fünf Exprofis aus Sandhausen und Karlsruhe zu verpflichten. Aus den B-Teams von Mannheim und Hoffenheim kommen ebenfalls zwei Mittelfeldspieler. Das alles sind keine jungen Himmelsstürmer mehr, aber auch keine ausgelaugten Kerle, die mit der Schubkarre aufs Feld geführt werden müssen und glauben, sich von meinem Geld einen schönen Rumplinger Herbst machen zu können. Alles Spieler mit Erfahrung, die – ich war bei den Verhandlungen dabei – Hunderte von Spielen absolviert haben, in der zweiten, dritten und in der Regionalliga. Die werden gutes Geld von uns bekommen, viel mehr als in unserer erbärmlichen Liga üblich, und denen kann ich auf bestimmte Weise auch eine Perspektive geben. Wir werden Neider auf uns ziehen, keine Frage, doch der Erfolgreiche ist meistens allein. Merkt euch das.«

Applaus schwappte hoch. Entenmann, der es mühelos zu verschmerzen schien, dass er bei keiner dieser wichtigen Verhandlungen eine Rolle gespielt hatte, wollte die Anwesenden dazu bewegen, sich zu erheben.

»Lassen Sie den Mist, Entenmann. Noch haben wir nichts geleistet. Wenn wir hier nächstes Jahr kurz vor Weihnachten als Tabellenführer mit acht Punkten Vorsprung stehen, dann gönnen wir uns zwei Minuten Jubel. Also, alles wieder hinsetzen, ich muss gleich in die Firma. Das Wichtigste aber fehlt noch, der Trainer. Wir brauchen eine Persönlichkeit, die jeder kennt und auf die selbst altgediente Profis hören. Einer, der alles erreicht hat und nicht mehr vor Ehrgeiz platzt. Einer, der Lust hat, in einem Dorf, das bislang nicht auf der Fußballlandkarte stand, Geschichte zu schreiben. Ich bekomme gerade ein Zeichen, dass Annemarie Tiefenthal, die ihr alle kennt und die ihre Popularität seit Wochen für die SG Rumplingen einsetzt, gleich mit unserem neuen Coach zur Tür hereinkommen wird.«

Alle Köpfe drehten sich wie von einer Stange gezogen zur alten hölzernen Eingangstür, die bei der Renovierung übersehen worden war. Langsam wie im Krimi öffnete sie sich. Annemarie Tiefenthals Haarschopf und ihre sehr grelle Handtasche waren als Erstes zu sehen. Dahinter ein Mann, ein nicht mehr junger Mann, der sich bedächtig durch die Tür schob und sich, mit einem spöttischen Zug um die Mundwinkel, umsah. Holoch und Annemarie hatten ihn vorgewarnt, er wusste, worauf er sich einließ. Alle erkannten ihn, und alle glaubten, den Verstand zu verlieren. Auch die Kellnerin, die drei Meter neben der Tür stand und zwei Biergläser fallen ließ, direkt vor Renners Füße.

»Das gibt es nicht!«, schrie sie, als gehe es um Leben und Tod. »Er ist es!«

Überraschend beweglich steuerte sie auf den Mann zu, drängte Annemarie zur Seite und fiel ihm um den Hals. Als sie dabei mehrfach seinen Namen hinausschmetterte, bis sie nur noch seinen Vornamen hervorstieß, legte sich jeder Zweifel im Saal. Hier im frisch renovierten Vereinsheim der SG Rumplingen stand – keine Frage – Otto Rehhagel, das Kind der Bundesliga.

8

Wer geglaubt hatte, dass das Sommerfest, die Ortsversammlung und die Bahngleisblockade nicht mehr zu überbieten wären, sah sich getäuscht. Der Abend im Vereinsheim nahm rauschhafte Züge an. In einer kurzen Ansprache erklärte der Trainerheros, was ihn, den Meistermacher, zu diesem Schritt bewogen hatte. Enge Verwandte seiner Frau Beate, die ja allen gut bekannt sei, wohnten neuerdings in Herrenberg, und die wiederum seien mit dem verehrten Seifenblasenhersteller Holoch befreundet, wodurch wiederum …

Vereinsvorsitzender Entenmann rieb sich die Augen, Bankenchef Bemmerer die Hände. Vermieter Renner kümmerte sich nicht um seine biergetränkten Hosenbeine, und selbst die, die Holochs Aktivitäten zuvor mit Misstrauen bedacht hatten, klatschten bei jedem Rehhagel-Satz entfesselt.

»Mir macht niemand was vor, Freunde. Ich biete mich nirgendwo an – außer bei meiner Frau. Jeder kann sagen, was ich will. Mal verliert man – und mal gewinnen die anderen. Modern spielt, wer gewinnt. In diesem Geschäft gibt es nur eine Wahrheit: Der Ball muss ins Tor. Das soll uns in Rumplingen gelingen. Ein junger Freund aus Griechenland wird die Mannschaft trainieren, aber ich werde bei euch sein, bei jedem Spiel, wann immer ich kann. Verlässliche, ehrliche Spieler werden für euren FC kämpfen. Die erste Voraussetzung für den Erfolg ist, wie ich gehört habe, bei den meisten erfüllt: Wenn Fußballer verheiratet sind, ist die eigene Frau das beste Trainingslager.«

Die Saalwände hielten den dröhnenden Lachsalven kaum stand. Otto Rehhagel thronte hinter dem Rednerpult wie ein König, der seinem Volk Mut zusprach und es mit beruhigenden Gesten auf eine herrliche Zukunft einschwor. Sein Anzug saß nicht perfekt, aber bald, das spürten alle, würde er sowieso seinen verschlissenen blauen Trainingsanzug überstreifen und wie einer, der seine Wurzeln nie vergisst, auf dem Rumplinger Rasen seine Anweisungen geben. Bei der Erwähnung des künftigen griechischen Assistenten hielt es Tavernenwirt Perikles nicht mehr auf seinem Platz. Er stieß Unverständliches hervor und warf sich nach vorn, dem Europameister Rehhagel entgegen. Hätte Horst Holoch diesen Begeisterungsangriff nicht abzuwenden gewusst, hätte es sich der Gastwirt nicht nehmen lassen, Rehhagels Hände zu küssen. Zwei griechische Lokale im Ort, die Ägäisgedichte der Degenhardt-Brunzel und dazu noch Herakles Rehhagel … nicht zu fassen, nicht zu begreifen, nicht zu verstehen. Perikles wand sich vor Begeisterung und hielt seine Freudentränen nicht zurück, während Rehhagel von seiner letzten Mission sprach: »Denkt daran, liebe Freunde, was schon der

Dichter Schiller im *Wallenstein* sagt: ›Des Menschen Wille, das ist sein Glück.‹ Und an meinem guten Willen und an dem meiner Frau Beate soll es nicht fehlen.«

Eine halbe Stunde später verließ Rehhagel, nachdem sich einige wenige getraut hatten, ihm einen Bierdeckel zum Signieren hinzureichen, das Vereinsheim. An einem Abend, wie ihn, was Vorsitzender Entenmann viermal hintereinander ausrief, Rumplingen in seiner achthundertjährigen Geschichte noch nicht erlebt habe. Horst Holoch, der es eilig hatte, in seiner Firma nach dem Rechten zu sehen, fuhr Rehhagel nach Tübingen in die Penthousewohnung beim Hölderlin-Turm, die er dem Erfolgscoach verschafft hatte. Mit Aufzug natürlich, der Jüngste war Rehhagel schließlich nicht mehr.

Die Sensation verbreitete sich innerhalb kürzester Zeit. Von Annemarie Tiefenthal vorab informiert, stellten Bastian und seine Freunde die Nachricht überall ein: »Otto wird es richten! Annemarie Tiefenthal und Otto Rehhagel – das neue A&O.« An Kommentaren mangelte es nicht, neidvolle aus Belsen, Hirrlingen oder Pfrondorf, begeisterte aus Rottenburg, wo man hoffte, von der Rehhagel-Aura etwas abzubekommen. Der Präsident des VfB Stuttgart äußerte sich wohlwollend, und selbst auf *kicker.de* wurde die Personalie als Topnachricht platziert. Die Tübinger Presse fragte sich, ob es Investor Hassan Ismail unter diesen Voraussetzungen gelänge, seine Pläne zu realisieren. Einem Sportverein, um den sich Otto Rehhagel persönlich kümmere, könne man schwerlich sein Traditionsgelände rauben. Reutlinger Journalisten zitierten den Rehhagel-Spruch »Ich kann überall arbeiten. Die Plätze sind überall gleich lang und gleich breit« und prophezeiten einen Zuschaueransturm in der neuen Kreisligasaison.

Annemarie Tiefenthal las das alles mit Vergnügen und freute sich darüber, dass vorübergehend ein anderer und dazu einer, der älter als sie war, die Schlagzeilen beherrschte. Für die erste Januarwoche, wenn sich die Erregung etwas gelegt haben würde, vereinbarte sie einen Abend mit den Rehhagels und Holoch in Perikles' Taverne. Der Wirt würde über Weihnachten nicht zur Ruhe kommen. Was sollte er dem legendären Trainer auftischen, was nur?

Von Annemaries Parteigründung war kaum mehr die Rede, was ihr die Gelegenheit gab, im Hintergrund die Fäden zu ziehen. Bastian tat sich in der Zwischenzeit mit Eva-Lisa Bartholdy und einem ehemaligen *stern*-Redakteur zusammen, um Hintergrundinformationen über die Figur des arabischen Bahnhofsrevolutionärs und Schraubenmilliardärs zu sammeln. Es konnte nichts schaden, so viel wie möglich über Hassan Ismail zu wissen. Irgendeinen Dreck würde er am Stecken haben. Es hieß, er habe ein finanzielles Angebot unterbreitet, das für die umliegenden Gemeinden, aber auch für das Land von großem Reiz sei. Über Weihnachten würde sich nichts Entscheidendes tun, aber danach ging es auf zum letzten Gefecht.

Annemarie las ihre Mails, lehnte drei Interviewanfragen ab und bestellte stattdessen ein Set mit Holzpfeifen, die Vogelstimmen täuschend echt nachahmten. Ein gutes Geschenk für Daniel. Für Carla fiele ihr sicher auch etwas ein, für Milotin sowieso, doch was um alles in der Welt sollte sie ihrem Sohn unter die Nordmanntanne legen? Einen Gutschein fürs Fitnessstudio? Einen Management-ratgeber? Oder einen erotischen Roman, der seine Phantasie beflügelte? Weihnachten war heikel, wie in jeder Familie. Und vor allem die Geschenke. Klugerweise hatten es Eberhard und sie in den letzten Jahren vermieden, mit Robert und seiner Familie das Fest gemeinsam zu begehen – eine vorbeugende Maßnahme sozusagen.

Ein Glück, dass Milotin die Feiertage mit ihnen verbringen würde. Von anderen Festrevolutionen hatte sie vorsichtigerweise Abstand genommen. Daniel hatte sich zwischenzeitlich mit Milotin angefreundet. Einen Reifen flicken auf altmodische Weise, den Schlauch in eine Wanne voll Wasser tauchen, bis Bläschen an der ramponierten Stelle aufstiegen, die Kette ölen, den Sattel verstellen – Milotin brachte Daniel jeden Handgriff bei. Was Robert ärgerte, da seine technischen Fertigkeiten kaum ausreichten, eine Glühbirne zu wechseln. Carla hingegen schien froh darüber zu sein, dass mit Milotin an Weihnachten ein zusätzlicher Stoßdämpfer mit von der Partie war. Nach den Ereignissen der letzten Monate konnte das nicht schaden.

9

»Ist die Gans bio, Oma?«

»Keine Ahnung, Daniel, aber sie ist sicher ganz glücklich aufgewachsen, auf einem Bauernhof mit vielen anderen Gänsen.«

»Und die sind jetzt alle tot?«

»Nun … ein paar leben vielleicht noch, aber die meisten sind im Backofen gelandet, ja, wie bei uns.«

»Das ist ungerecht, Oma, dann lässt der Bauer die Gänse nur leben, damit wir sie essen können?«

»Ja, so ist das halt, aber wir essen ja nur wenig Fleisch.«

»Wird denn die ganze Wurst, auch die Kindersalami, die Mami mir aufs Pausenbrot tut, aus Tieren gemacht?«

»Einen Moment, Daniel, wir können das nachher besprechen, ich muss mich um dieses blöde Vieh kümmern … Mist, elender, so ein verdammter Knochen!«

Die Geflügelschere steckte fest. Vergeblich mühte sich Annemarie, die erste Keule auszulösen, der Knochen gab weder klein bei noch nach. Die Gans schwankte auf der Servierplatte gefährlich hin und her, die Füllung – Maronen, Zwiebel und Äpfel – quoll an einer Seite träge hervor.

»So hilf mir doch, Robert, und schau nicht zu, bis die Gans auf den Teppich fällt!«

»Dann esse ich davon nichts, Oma. Mit Teppichhaaren, das ist eklig. Außerdem will ich keine Gans, die tot gemacht wurde, nur damit wir sie essen. Hat die Kinder gehabt?«

Annemaries Augen blitzten ihren Enkel an, der verstand und Ruhe gab. Robert richtete sich auf, wollte die Gans an einem Flügel festhalten und fuhr zurück: »Die ist ja heiß, so was Doofes, au!« Er rieb sich die fettigen Finger und gab dem knusprigen Tier dabei versehentlich einen so heftigen Stoß, dass sie von der Platte rutschte, in einem Schwups über die Tischkante glitt und nicht mehr zu sehen war.

»Oh, nein, nicht doch!« Milotin gab alle Zurückhaltung auf. Er sprang auf, schüttelte sich, bis die Gans ihren Landeplatz, seinen Schritt, verließ und zu Boden torkelte. Wo sie aufschlug, natürlich so, dass sich die Füllung in Sekundenschnelle ausbreitete und die Geflügelschere, die während des Unglücks ihre Position nicht aufgegeben hatte und zwischen den Knochen feststak, gegen das Tischbein schlug.

»Was ist denn los? Die Knödel sehen sehr gut aus, findet ihr nicht ...«

Carla kam nicht mehr dazu, das Rotkraut zu loben. Der Absatz ihres Schuhs – High Heels trug sie zur Feier des Tages – verhakte sich in der liebevoll zugenähten Gans, sie, Carla, schwankte und versuchte sich am Sideboard festzuhalten, die Schüssel mit den Klößen schwankte heftiger, schien es sich ein paar Sekunden zu überlegen, ob sie Carlas Balanceanstrengungen belohnen sollte, entschied sich abrupt dagegen, bis ihre Schieflage so groß war, dass die Klöße wie Bälle herunterpurzelten und einen halben Meter von der derangierten Gans entfernt weich auf dem Teppich aufsetzen, wo sie mit einer sehr anmutigen Bewegung ein wenig nachfederten. Zwei Sekunden später folgte die Schüssel, die weniger sanft auf das Parkett stürzte und in Stücke zerbrach.

»Auf keinen Fall ess ich das noch!« Daniel verschränkte die Arme vor dem Bauch und ließ an seiner Einstellung keinen Zweifel. Die anderen schwiegen. Carla blickte verständnislos auf den Teppich, Annemarie wütend, Robert resigniert, Milotin zurückhaltend. Im Hintergrund sang Hermann Prey *Vom Himmel hoch, da komm ich her*, Eberhards Lieblingsplatte, wie Annemarie vor gut einer Stunde nach der reibungslos verlaufenden Bescherung ausgerufen hatte. Die Gans hatte ihre schöne Form verloren, die Keulen lösten sich endlich vom Körper.

»Schaut, wie zart das Fleisch ist! Vielleicht ist etwas zu retten …«

Annemaries Worte verpufften. Niemand, nicht einmal Milotin, unternahm Anstalten, den Teppichboden von Gans und Klößen zu befreien.

»Ein Stillleben«, sagte Robert. »Lädierte Gans, deformierte Klöße, ein feines Motiv wäre das. Vielleicht mit einer Sanduhr und einem angebissenen Apfel dazu. Hast du Äpfel ins Rotkraut getan. Carla?«

Carla schien sich daran nicht zu erinnern und erwiderte nichts. Sie hielt die Rotkohlschüssel stoisch in ihrer Linken, unsicher, was mit dieser anzufangen sei.

»Mami, kann ich etwas von dem Rotkraut haben? Das riecht gut.«

Daniel hatte Platz genommen und verspürte keinen Bedarf mehr, die Unglücksstelle eines Blickes zu würdigen. Sein Vater setzte sich zu ihm und leerte sein Rotweinglas. »Ich nehm auch etwas von dem Kraut …«

Das festliche Abendessen dauerte nicht lange. Carla und Milotin beseitigten die Überreste mit Kehrbesen und Kehrschaufel. Kaum hörbar erwähnte Carla mit einem Seufzen, was sie das Tier gekostet habe. Und dass sie froh sei, sich gegen eine Biogans entschieden zu haben. Die Rotkrautmahlzeit über sprach kaum jemand außer Milotin, der, von Annemarie energisch aufgefordert, Geschichten aus seiner kroatischen Heimat zum Besten gab, aus seinem winzigen Dorf am Meer, gerade mal zwanzig Häuser in der Nähe von Senj, die von Österreichern gern als Feriendomizile genutzt wurden. Ein enger Feldweg, kaum von zwei Autos nebeneinander zu befahren, wand sich hinunter zum Wasser. Jeden Tag hatte er als Kind den Aufstieg zu Fuß absolviert, hinauf zur Küstenstraße und weiter zur Bushaltestelle. Gans habe es an Weihnachten bei ihnen nie gegeben, meistens Krautwickel und Lamm, das man, fuhr er fort und lachte Annemarie an, ganz ohne Geflügelschere verzehren könne.

Dank Milotins Erzählfreude, die seine sämtliche Verwandtschaft der letzten drei Generationen aufmarschieren ließ, taute die Runde langsam auf. Annemarie schilderte das zeitlupenartige Fallen der Knödel, während Robert Gefallen daran fand, ausführlich an das Ungeschick seiner Mutter beim Hantieren mit dem Geflügel zu erinnern. Daniel ging in die Küche und holte sich einen halben Ring Fleischwurst aus dem Kühlschrank. Behutsam schnitt er dünne Scheiben ab, bot sie seiner Familie als Gansersatz an und vermengte seine Portion sorgfältig mit dem Rotkraut.

»Man schmeckt gleich, Omi, dass die Wurst bio ist, oder?«

Später am Abend lobte Annemarie Pfarrer Peraltas Ansprache bei der Morgenmesse, bei der er sich mit Kommentaren zur politisch aufgewühlten Lage in Rumplingen nicht zurückgehalten hatte. Der eine oder andere hatte gemurrt, als Peralta sich auf den Befreiungskampf in Lateinamerika bezog, doch die meisten schwiegen lieber, selbst Störzer, der demonstrativ direkt vor dem Altar Platz genommen hatte. Sein Versuch, sich neben Beate und Otto Rehhagel zu zwängen, war gescheitert, und auch seine Hoffnung, dass Hassan Ismail alle religiösen Bedenken über Bord werfen und sich in Rumplingens katholischer Kirche zeigen würde, blieb unerfüllt. Während Annemarie von Peraltas Einsatz schwärmte, legte Carla eine neue Hermann-Prey-CD auf. Daniel bugsierte, obwohl ihm fast die Augen zufielen, Glasplättchen mit Insektenflügeln in sein neues Lichtmikroskop, während Milotin, der versuchte, mit Roberts Weinkonsum Schritt zu halten, ein kroatisches Weihnachtslied anstimmte, in dem die Jungfrau Maria die Hauptrolle spielte. Mit einem Gläschen heißen Sliwowitz klänge seine Stimme noch sanfter. Ehe Carla auf der Anrichte nachsehen konnte, was ihr Depot an Obstschnäpsen bereithielt, klingelte das Telefon. Wer bitte rief an Heiligabend kurz vor zehn an? Die unumgänglichen Verwandtschaftstelefonate waren vor Stunden abgearbeitet worden. Der Anrufer ließ nicht locker, Carla machte kurz vor den Spirituosen kehrt und griff sich das Telefon.

»Ja?«

»Bastian Fürbringer, entschuldigen Sie die Störung. Und schöne Weihnachten, Frau Tiefenthal. Ich weiß, es passt schlecht, aber es muss sein. Ist Annemarie, Ihre Schwiegermutter meine ich, da?«

Annemarie hörte zu. Bastian, normalerweise die Ruhe selbst, klang nervös. Alle sahen ihr beim Telefonieren zu, sahen, wie sie Satzbrocken erwiderte, wie ihr Unterkiefer langsam nach unten rutschte. Hatten sie denn nicht einmal an Weihnachten Ruhe? Nicht zum Aushalten, dachte Robert, der sich vorzustellen versuchte, wie es gewesen war, als seine Mutter in Stuttgart gelebt und ihr Familienalltag ganz anders ausgesehen hatte. Es gelang ihm nicht. Mutters Kommen hatte alles verändert.

»Ja, Bastian, wir sprechen morgen wieder, wenn das gesendet wurde. Ja, ich bin zu erreichen. Doch, doch, natürlich freue ich mich. Einfach toll … und nicht zu glauben … ja, Ihnen natürlich auch frohe Weihnachten.«

Annemarie stellte den Apparat in die Ladestation zurück und sah aus dem Fenster, wo das Licht der Straßenlaterne auf Roberts Auto fiel. Mehr Abwechslung war da nicht. Keiner von den anderen wagte es, sie aus ihrer Meditation zu reißen. Robert unterließ es sogar, nach seinem Weinglas zu greifen.

»Kinder …«, Annemarie drehte sich ihnen wie in Zeitlupe zu, »Kinder, morgen, ihr wisst schon, die Weihnachtsansprache …«

Sie unterbrach sich, schaute versonnen auf die Rotkrautüberbleibsel und wirkte einen Moment lang so, als wolle sie nicht weitersprechen.

»Was für eine Ansprache? Wo willst du schon wieder reden? Kann nicht mal an Weihnachten eine Pause eingelegt werden?«

Robert schüttelte den Kopf. Nach zwei Gläsern Wein fiel es ihm leichter, seine Mutter anzugehen. Obwohl dieses Bedürfnis in letzter Zeit oft einer milden Resignation wich.

»Oma, Oma, machst du die Weihnachtspredigt morgen, zusammen mit Pfarrer Peralta?« Im Gegensatz zu seinem Vater machte Daniel Annemaries Allgegenwart keine Probleme. Seitdem ihn die Klassenkameraden voller Bewunderung auf seine Oma, die den Wahnsinn stoppen wollte, ansprachen, genoss er ihren Ruhm und tauschte Fotos von ihr, die er heimlich aus der Fotokiste im Sekretär nahm, gegen ein halbes Dutzend Fußballbilder. Dass seine Oma mehr wert sein würde als Neuer, Messi und James Rodríguez zusammen, hätte er ihr nie zugetraut. Selbst sein Klassenlehrer hatte ihn nach dem Unterricht verlegen angesprochen. Ob er mit der Frau Tiefenthal verwandt sei.

»Nein, weder noch, Kinder.« Annemarie spannte ihre Schultern an und setzte ein leicht triumphierendes Lächeln auf. »Morgen Abend wird der Bundespräsident, unser Bundespräsident, in seiner Weihnachtsansprache Rumplingen erwähnen, unseren Widerstand, als Modell für … ja, wofür auch immer. So genau weiß Bastian das nicht, er kennt die Rede nicht im Wortlaut. Aber ein Berliner Journalist hat ihm was gesteckt. Dass der Präsident über Zivilcourage in unserer Demokratie sprechen wolle. Aber diesmal mit Rumplingen als Paradebeispiel. Wenn das stimmt, dann … dann …«

Zu Ende brachte Annemarie ihren Satz nicht. Alle starrten sich gegenseitig an, bis Milotin die halbe Schreckminute beendete – mit einem Jubelruf, der kroatische und schwäbische Brocken zu einem unverständlichen Ganzen vermengte. Er sprang von seinem Stuhl hoch, wobei sich sein Oberschenkel um ein Haar im Tischdeckenzipfel verfangen hätte, und umarmte Annemarie, bedeckte sie mit Küssen, die laut und feucht, nein, saftig klangen und überall landeten. Daniel tanzte um die beiden herum, während Robert überlegte, was das für Folgen haben würde. Ehe er zu einem Ergebnis kam, warf sich Carla an seine Brust. Fast so, als hätte Milotins balkanisches Feuer animierende

Wirkungen. Sie hatte ihm verziehen, ohne dass sie groß darüber geredet hätten. »Der Bundespräsident, der Bundespräsident«, schluchzte sie vor sich hin, bis sie in ein Weinen ausbrach, das wie ein Lachen klang, und mit den Fäusten gegen Roberts Brustkorb hieb. Daniel erweiterte seinen Veitstanz und bezog seine Eltern ein. Die Geschenke waren super gewesen, doch das jetzt, mit Milotin und seiner verrückten Oma und mit seinen Eltern, die lachten und flennten, das toppte die ganze Sache. Er musste gleich seinen Freund Karl anrufen.

»Oma, Oma! Gibt es diese Rede von dem Präsidenten bald auf CD oder auf YouTube? Schickt er die uns zu? Hält er die nur an Weihnachten?«

10

»Alle Achtung, Tiefenthal, Sie haben vielleicht eine Verwandtschaft!«

Hilfreich klopfte Robert eine Spur zu kraftvoll auf die Schultern. Eine merkwürdige Methode, um Wertschätzung zu signalisieren. An der Tagesordnung war das in der Behörde nicht. Doch seitdem der Bundespräsident Annemaries Engagement in seiner Weihnachtsansprache gewürdigt und tatsächlich aus einem Gedicht der Degenhardt-Brunzel zitiert hatte, das mit der Aufforderung »Aufstehn, seinen Platz verlassen, sich zwischen alle Stühle setzen« begann, glichen Rumplingen und Reutlingen einem Tollhaus. »Diese Frau aus der Provinz, wie wir so gedankenlos sagen, zeigt, was starke Frauen, was starke Menschen für unser Gemeinwesen tun können«, hatte er wörtlich gesagt und eine Verbundenheit mit ihr ausgestrahlt, als würde er Annemarie seit Jahr und Tag gut kennen.

Ohne sich ums Protokoll zu kümmern, hatte Oberbürgermeister Nägele in einem Handstreich durchgesetzt, einen hässlich zubetonierten Platz, von dem die wenigsten Reutlinger wussten, dass es sich um einen Platz handelte, nach der vom Bundespräsidenten geschätzten Dichterin zu benennen. Alle hießen den Vorschlag gut, und wer etwas anderes dachte oder an die Degenhardt-Brunzel nicht die besten Erinnerungen hatte, schwieg lieber. Im Frühjahr sollte der Elfriede-Degenhardt-Brunzel-Platz feierlichst eingeweiht werden, zeitgleich mit der Eröffnung des – wie Nägele und Hilfreich unisono betonten – famosen Festivals, das sich Robert Tiefenthal, der Sohn der Annemarie Tiefenthal, ausgedacht hatte. Zudem sollte im Suhrkamp Verlag ein Auswahlbändchen mit den schönsten Degenhardt-Brunzel-Versen veröffentlicht werden, als Schnellschuss, der Aktualität zuliebe, mit einem Nachwort von Margot Käßmann. Im Verlag spielte man mit dem Gedanken, den Bundespräsidenten um ein Vorwort zu bitten.

»Ihre verehrte Frau Mutter sucht nicht zufällig eine Anstellung? So eine Vollblutperson, die weiß, wie man sich in Szene setzt und die Leute für Sachen begeistert, für die sie sich gar nicht interessieren, die könnten wir in Reutlingen gut gebrauchen, oder? Sagen Sie eigentlich Mutter oder AMT zu ihr?«

Einen Augenblick lang stellte sich Robert vor, Schreibtisch an Schreibtisch mit seiner Mutter zu arbeiten. Bis Hilfreichs Hand wieder auf seiner rechten Schulter aufschlug.

»Großartiger Gedanke, Tiefenthal, nicht wahr? Nicht jeder hat so eine Mutter. Meine zum Beispiel … Wenn das so weitergeht, wird der Papst Ihre Mutter an Ostern auf dem Petersplatz persönlich begrüßen. Auf Schwäbisch zuerst und dann in allen Sprachen der Welt.«

Nie zuvor, dachte Robert, hatte Hilfreich zu gesteigerter Heiterkeit geneigt, nie. Im Gegenteil. Und nun das. Wahrscheinlich hatte ihm Nägele eingebläut, die Chance beim Schopf zu packen und sich mit Robert gut zu stellen. Wegen Annemarie natürlich. Nicht einmal Andy Eagle nahm es mit ihr auf. Von dem war im Rathaus kaum mehr die Rede, seitdem er bei einer Pflanzenmarkteröffnung genau in dem Moment, als er die ersten Takte von *Rote Rosen* schmettern wollte, von einer provisorischen Bühne gestürzt und in eine Ansammlung von Weihnachtssternen geplumpst war. Das Foto in der Zeitung, das Adler mit angeknackstem Knöchel zwischen Blumentöpfen zeigte, war wenig vorteilhaft. Zudem trug es die Unterzeile *Ein gefallener Stern*. Während sich Hilfreich entfernte, nicht ohne Robert Grüße an die verehrte Frau Mutter aufzugeben, beugte sich Robert über das Festivalprogramm und überlegte, was er auf der Pressekonferenz sagen würde. Wahrscheinlich würde Hilfreich sowieso das große Wort schwingen.

Seit Weihnachten zog keine Ruhe mehr ein. Die Ansprache des Bundespräsidenten hatte einen Rattenschwanz von Anfragen nach sich gezogen. Annemarie war an den Feiertagen kaum aus der Versenkung aufgetaucht; unentwegt telefonierte und mailte sie. Ein Volontär des *General-Anzeigers* verwaltete inzwischen ihre Presseanfragen, die mal dem Bahnhofsprojekt, mal der Parteigründung und mal nur allgemein der hochinteressanten Annemarie Tiefenthal galten, einer Frau, die ihr Leben in die Hand genommen hatte und nun, so schien es Robert, mit den ungeahnten Folgen ihres Erfolgs kämpfte.

Selbst an Silvester war Annemarie unabkömmlich gewesen und nach Stuttgart geeilt, wo alte Bekannte ihr zuliebe ein Blind Date mit ihren Facebook-Freunden veranstaltet hatten. Hunderte seien es gewesen, fremde Menschen, die so getan hätten, als seien sie mit ihrem Leben völlig vertraut. Und diese Hundertschaften hatten ihr versichert, dass Hassan Ismail sich ein anderes Hobby suchen müsse. Eine unterirdische Bahnstation mit Shopping-Mall in Rumplingen werde es nie geben. Selbst die Heiligdreikönigfeier, die Peralta mit den Kindern im Dorf einstudiert hatte, verlief nicht störungsfrei. Während Daniel seinen Auftritt als Melchior hatte, brummte Annemaries Handy. Und als Weihrauch und Myrrhe den Besitzer wechselten und das Patenkind der Mildenbergers eine huldvoll lächelnde Maria abgab, reichte Annemarie es unter der Kirchenbank an Robert weiter: »neue infos zu hassan. könnte sein ende sein. habe idee. bastian.«

Morgen sollte das Treffen stattfinden, fiel Robert ein, während er darüber nachdachte, ob es eine gute Idee wäre, Günter Grass auf Schloss Lichtenstein zu karren und ihn dort seine eurokritischen Gedichte vortragen zu lassen. Robert hatte keine angenehmen Erinnerungen an diesen Ort. Eine SMS immerhin hatte ihm Eva-Lisa zum Jahreswechsel geschickt, halb unverbindlich, halb einschmeichelnd, als wolle sie seine Glut am Köcheln halten, bis sich etwas Besseres auftat, in Stuttgart in der *Nachtcafé*-Redaktion zum Beispiel. Nein, von der Bartholdy hatte er genug.

Er legte den Flyerentwurf für das Literaturevent beiseite und spürte ein Ziehen in der Schulter, fraglos eine Nachwirkung der Hilfreich'schen Zutraulichkeitsattacke. Erst der Rücken, jetzt die Schulter. Er fühlte sich wie ein in die Jahre gekommenes Auto, für das es kaum noch Ersatzteile gab. Vielleicht sollte er auf Carla hören und einen Arzttermin ausmachen. Ja, Carla. Er sah aus dem Fenster, hätte gern auf die blaue Mauer der Schwäbischen Alb geblickt, doch von seinem Büro aus sah er nur die fleckige Rückwand eines Einkaufszentrums, das in den Siebzigerjahren als architektonischer Wurf durchgegangen war. Er wählte Carlas Nummer. Seit Jahresbeginn war sie zu Hause, seit ihrer Kündigung. Nach Ostern würde sie ihr Luxuskinderstübchen aufmachen, mit einem Bankkredit, der Robert Magenbeschwerden verursachte. Doch Carla hatte ihn nur angezischt und ihm zu verstehen gegeben, dass er mitziehen könne … oder nicht. Seit der Bartholdy-Sache zeigte sich Carla in einer Weise energisch, die ihm Angst machte und ihn gleichzeitig anzog.

»Ich bin's, ja … Nein, nichts Besonderes … Hilfreich schwänzelt um mich herum und möchte Mutter zur Rathauschefin machen … Nächsten Freitag? Ja, das geht … Rehhagel und seine Frau kommen, Holoch auch, Annemarie sowieso, gut … Bei Perikles? Muss das sein, bei deinem griechischen Verehrer? … Schon gut, Carla, ich weiß, das war ein Scherz ... und was machst du? ... zwanzig Prozent Rabatt, wenn du alle Holzmöbel in Tübingen beim Ökoschreiner kaufst? ... Nicht schlecht ... Wie viele Anmeldungen hast du schon? ... unglaublich ... da kann der Waldorfkindergarten bald zumachen ... Ja, ich komm heut früher, ja, ich küss dich auch ...«

Erstaunlich, dass Carla und er sich langsam wieder näherkamen. Eine Aussprache zwischen ihnen hatte es nie gegeben. Wochenlang hatten sie geschwiegen, nur das Nötigste gesprochen, um den Alltag zu organisieren und um Daniel nicht zu ängstigen. »Wie gut, dass ihr euch nie trennt« – als er kurz vor Weihnachten mit diesem Satz aus der Schule kam und davon erzählte, dass ein Mädchen aus seiner Klasse plötzlich ohne Vater dastand, zuckten Carla und Robert synchron zusammen und schauten sich einen Moment lang in die Augen. »Keine Sorge, Daniel«, hatte Carla gemurmelt und sich um das eingebrannte Eigelb auf der Herdplatte gekümmert. Keine Sorge, Daniel, hatte Robert gedacht und Carla erleichtert zugesehen, wie sie mit dem Schwammtuch das eingebrannte Eigelb auf der Herdplatte traktierte. Keine Sorge ...

11

Längst waren sie die Letzten im Lokal. »Ich holen meine beste Ouzo, nicht den für Gäste sonst.« Perikles schwankte, als er sich hinter seinen Tresen zurückzog, um der illustren, ihn so beglückenden Tischrunde einen Schnaps auszuschenken, den selbst er nur an hohen Feiertagen trank. Dass der Mann, der Perikles' Volk seine alte Stärke zurückgegeben und zum Sieg bei der Europameisterschaft verholfen hatte, in seiner bescheidenen Taverne verkehrte, sich wohlfühlte und sich sogar der Aufforderung seiner Ehefrau Beate, endlich aufzubrechen, widersetzte, das war unvorstellbar, ein Traum, von dem er in seinem Heimatdorf noch in dreißig Jahren vor dem Kafenion sitzend erzählen würde. Mindestens so ausführlich, wie Otto Rehhagel an diesem Abend von seinen größten Triumphen berichtete. Keiner, gab er zu verstehen, während Beate nickte, keiner sei mit ihm zu vergleichen, und da wäre es gelacht, wenn man aus dem FC Rumplingen nicht etwas machen könnte, das Aushängeschild eines kleinen schwäbischen Dorfes, das von keinem zu erobern wäre und stattdessen selbst zum Angriff bliese. Auch aus seiner Bremer und Münchner Zeit erzählte Rehhagel, doch Perikles und seine Frau bedrängten ihn ein ums andere Mal, von den Siegen der Griechen zu erzählen, von den Rasenkämpfen, die es mühelos mit der Seeschlacht von Salamis aufnahmen.

Annemarie und Robert bemühten sich, ihre Müdigkeit zu verbergen. Carla hatte sich von den Rehhagels abgewandt und erklärte Horst Holoch, was es mit ihrem neuen Kindergarten auf sich habe und dass der ja vielleicht für das Enkelkind der Holoch'schen Schwester von Interesse sei. Erst gegen die Franzosen, dann gegen die Tschechen und zum Schluss das Endspiel gegen die Portugiesen … bis in jedes Detail schilderte Rehhagel seine Taktik, wie die Spieler nach und nach begriffen hätten, dass er recht habe, wie fast immer, dass derjenige modernen Fußball spiele, der gewinne. Antonios Nikopolidis, Georgios Seitaridis, Traianos Dellas, Mihalis Kapsis, Panagiotis Fyssas, Stylianos Giannakopoulos, Angelos Basinas, Kostas Katsouranis, Theodoros Zagorakis, Angelos Charisteas, Zisis Vryzas – jeder einzelne Spielername wurde genüsslich deklamiert, von Rehhagel angestimmt, von seiner Frau wiederholt und von Perikles als Chorgesang zum Höhepunkt getrieben. Helden, große Helden, wie es sie in der griechischen Geschichte lange nicht gegeben habe.

Allen voran natürlich Angelos Charisteas, der in Deutschland gut bekannte Schütze des entscheidenden Tores, des glanzvollen Siegtreffers gegen die überheblichen Portugiesen. Der Kopfstoß in der siebenundfünfzigsten Minute. Rehhagel stand auf, um zu zeigen, wie

Basinas die Ecke in den Strafraum getreten habe, während Perikles Charisteas' Rolle übernahm, Robert aufforderte, als portugiesischer Abwehrchef Widerstand zu leisten, und, wenn auch unsicher auf den Beinen, zum Kopfball ansetzte, zum entscheidenden Endspieltreffer. Alle anderen applaudierten und jubelten, kaum verhaltener als beim ersten Mal vor gut drei Stunden. »Wiederholung von Siegtor immer gut!«, fügte Perikles hinzu und schenkte allen einen allerletzten Ouzo für den Heimweg ein.

Auf diesem hakte sich Rehhagel bei Annemarie ein. Seit Weihnachten nahm er Holochs Einladungen zu Rumplingenbesuchen gern an, auch, weil ihn der Seifenblasenproduzent möglicherweise als Werbeträger verpflichten wollte. Wie man eine authentische Verbindung zwischen den BULBOFLASH-Eichhörnchen, den Seifenblasen und dem Meistertrainer herstellen könne, war noch offen. Über einen Slogan – »Er weiß, wie es hoch hinausgeht« oder so ähnlich – diskutierte man bereits.

Wie es um Annemaries Partei stehe, wollte Rehhagel wissen, während die weinselige Runde auf Holochs Wagen zusteuerte. »Alles bestens«, antwortete Annemarie, »wir sind zur Gemeinderatswahl zugelassen, und wenn wir uns da stabilisieren, machen wir uns daran, den Landtag zu erobern. Wäre das nicht was für Sie, lieber Otto? Bei Ihrer Reputation, Ihrer Bildung und Ihrem Erfahrungsschatz gerade auf internationalem Gebiet … Auf solche Männer wartet die Politik, und die etablierten Parteien, das passt doch nicht zu Ihnen!«

Selbst im trüben Licht der Rumplinger Straßenlaternen sah Annemarie, wie geschmeichelt sich das Kind der Bundesliga fühlte und wie es gleichzeitig darauf achtete, dass seine Gattin von diesem Gespräch nicht zu viel mitbekam.

»Darüber denke ich gern nach, liebe Frau Annemarie«, flüsterte er ihr zu. »Ich weiß zwar nicht, was Beate dazu sagt, aber reizvoll wäre es, meine Kenntnisse weiterzugeben. Kontrollierte Offensive, das gilt auch in der Politik. Und ehrlich gesagt, bin ich von Angela Merkel etwas enttäuscht, ich hatte darauf gesetzt, dass sie in der Griechenlandkrise meinen Rat einholt. Schließlich habe ich als Wahlmann bei der Bundespräsidentenwahl höchsten Einsatz gezeigt. Aber es gibt ja zum Glück nicht nur die CDU in Deutschland.«

Rehhagel lachte auf, umarmte Annemarie ungeschickt und schob seinen noch immer drahtigen Oberkörper in Holochs Limousine. Morgen, dachte Annemarie, als sie dem davongleitenden Wagen nachwinkte, morgen würde ihr lieber Rumplinger Chefcoach sich wundern, denn dann fiele eine Entscheidung, die für sie alle wichtig sein würde. Morgen würden Bastian und sie sich mit Hassan Ismail treffen und ihm einen Vorschlag unterbreiten. Überraschend mühelos war Annemarie bis zu Hassan Ismail vorgedrungen, und er hatte einem Treffen zugestimmt, ohne wissen zu wollen, worum es ging. Im Stuttgarter Flughafenrestaurant, das war unauffällig, war man verabredet.

Annemarie winkte immer noch, obwohl von Holochs

Wagen nichts mehr zu sehen war. Robert und Carla bogen, Arm in Arm, wie Annemarie erleichtert feststellte, bereits in den Efeuweg ein. Annemarie selbst blieb stehen, den Blick zum sternenklaren Himmel gerichtet. Um diese Uhrzeit rührte sich nichts in Rumplingen. Alles schlief oder tat so. Nichts mehr in Annemaries Leben war so, wie es vor einem Jahr gewesen war, und sie begann sich vor dem zu fürchten, was in den kommenden Monaten auf sie einprasseln würde. Selber schuld, pflegte Bastian in solchen Momenten zu sagen. Nun aber freute sich Annemarie auf die Nacht. Seitdem sie in Rumplingen lebte, dauerte es keine fünf Minuten, bis sie in Tiefschlaf fiel. Am besten gelang ihr das, wenn Milotin neben ihr lag. Der würde in der Wohnung auf sie warten. Auch das hätte sich Annemarie vor einem Jahr nicht träumen lassen.

12

Das saß. Hassan Ismail rührte in seinem Kaffee, obwohl er ihn weder mit Zucker noch mit Milch trank. Er setzte mehrfach zu einer Antwort an und sah verstört in die überfreundlich lächelnden Gesichter, deren Mienenspiel kein geringes Selbstbewusstsein verriet. Warum, dachte er, hatte ihn niemand vor den beiden gewarnt? Warum musste er mit Ignoranten zusammenarbeiten? Strafend nahm er seine beiden Mitarbeiter ins Visier, die es nicht gewohnt waren, dass man ihren Chef in die Enge trieb.

Annemarie und Bastian versuchten sich zu beherrschen. Keine Geste des Triumphs, stattdessen eine klare, souveräne Haltung, die zeigen sollte, dass man jederzeit ein weiteres Ass aus dem Ärmel ziehen könnte. Bastian hatte in den vergangenen Wochen vorzüglich recherchiert, mithilfe zweier Lokalredakteure, die ihre große Stunde gekommen sahen, des ehemaligen *stern*-Redakteurs, der einen Mittelsmann in Jordanien kontaktierte, und Eva-Lisa Bartholdys, die mit der Angelegenheit von Anfang an vertraut war und wieder eine Chance witterte, groß herauszukommen. Akribisch listete Bastian in einem Memo auf, was sie über Ismails Vergangenheit herausgebracht hatten.

Annemarie hatte sich die Details wieder und wieder vorgelesen, um bei ihrem Flughafentreffen sattelfest zu wirken: »Vererbtes Vermögen vorhanden, hinzu kommen die Einnahmen aus dem Schraubenimperium. Großer Immobilienbesitz, nicht auf Jordanien beschränkt. In den letzten Jahren sprunghaft angestiegen. Offensichtlich Devisengeschäfte. Anteile an mehreren Großfirmen im arabischen Raum. Schwerpunkt zuletzt: Investitionen in Deutschland, Frankreich und Osteuropa, vor allem im Bereich Einkaufszentren und Industriegebieten in wenig erschlossenen Regionen. Probleme mit Behörden und Umweltverbänden zuletzt in der Bretagne und in der Oberpfalz, Abbruch zweier Großprojekte wegen Umweltvergehen in großem Stil. Anklagen konnten durch hohe Zahlungen verhindert werden. Berichterstattung merkwürdigerweise kaum vorhanden. Geld scheint geflossen zu sein. Privater Hintergrund unauffällig. Geliebte in Paris. Kein Zündstoff. Gilt ansonsten als liebenswürdig, mit sozialer Ader, entspricht nicht dem Image eines Spekulanten, der nur ans Geld denkt, leider.«

Umweltvergehen in der Oberpfalz. Das würde ausreichen, um ihn in die Enge zu treiben, hatten Annemarie und Bastian beschlossen. Und dann gab es da eine Leidenschaft von Ismail, die sich als nützlich erweisen könnte. Kurzzeitig hatten Bastian und der Mann vom *stern* überlegt, einen verdeckten Ermittler in Ismails Europazentrale einzuschleusen. Günter Wallraff vielleicht … doch mit Blick auf dessen Alter nahm man von diesem Plan Abstand.

Hassan Ismail gewann seine Fassung zurück: »Wie Sie selbst sagen, liebe Frau Tiefenthal, hatte die Sache in Bayern keine Folgen für mich. Allerdings will ich nicht, dass das wieder in die Presse kommt. Ich habe viel vor in Deutschland, und wo meine Objekte entstehen, gibt es oft Bäume und Flüsse, die stören. Wenn Sie verstehen. Natürlich habe ich nichts gegen Bäume und Flüsse. Aber der Fortschritt kann darauf nicht immer achten. Sonst wird Deutschland wie die Dritte Welt.«

Annemarie beugte sich nach vorn und senkte ihre Stimme. Sie wusste, dass Ismail versuchte, die Sache herunterzuspielen. Es würde einen Skandal geben, zumindest in Tübingen und Rottenburg, wenn die alten Schmiergeldzahlungen aufflögen und wenn herauskäme, wie Ismails Helfershelfer in der Oberpfalz gegen Umweltauflagen verstoßen hatten. Von vergifteten Abwässern war die Rede und widerrechtlicher Abholzung.

»Lieber Herr Ismail, regen Sie sich nicht auf. Sie haben Großes vor, aber vielleicht nicht unbedingt in Rumplingen. Die Bürger – nein, das heißt, ich lerne das gerade, die Bürgerinnen und Bürger – werden keine Ruhe geben, und selbst wenn Sie die Erlaubnis bekommen, die Rumplinger Auen zu zerstören und die Bahnstation in die Unterwelt zu verbannen, werden Sie an uns keine Freude haben. Nein, wir machen keine Sabotage, aber so ein Dauerprotest ist unangenehm, das zieht sich, und gute Juristen haben auch wir in unserem Team. Das alles wollen Sie nicht, glauben Sie mir. Mein Mitarbeiter Herr Fürbringer kennt da Wege und Mittel, das haben Sie in den letzten Monaten gespürt, oder? Es gibt andere Regionen – Böblingen, Sindelfingen –, wo es nicht so drauf ankommt und Ihre Shopping-Malls und Gewerbegebiete kein Unheil anrichten. Was soll da zerstört werden? Denken Sie daran, wir wissen sehr genau, was damals vorgefallen ist …«

Sanft, fast zärtlich redete Annemarie auf Ismail ein, ganz so, als spräche sie mit einem trotzigen Kind, das nicht einsah, dass es keine zweite Eisportion bekommen würde. Bastian assistierte ihr, indem er keine Miene verzog und auf seinen Rechner starrte, ganz so, als seien seine Recherchen in der Oberpfalz noch lange nicht abgeschlossen und als erwarte er minütlich neue belastende E-Mails.

Während Ismail unentwegt in seinem schwarzen Kaffee rührte, bedrängten ihn seine Mitarbeiter, deren offizieller Status schwer zu erkennen war, und redeten auf ihn ein. Annemarie beschloss, das Heft in der Hand zu behalten.

»Verehrter Herr Ismail. Ich schlage vor, wir ziehen uns zurück. Ich muss meinen Wahlkampf vorbereiten. Sie werden sich mit Ihrem Team bereden und, da bin ich mir sicher, das Richtige tun. Wir haben kein Interesse, alte Geschichten aufzuwühlen und den Leuten Angst zu machen. Ein gefährdeter Neckar, bedrohtes Grundwasser, eingeschüchterte Vöglein in den Trauerweiden … Das alles würde die Menschen nicht nur in Rumplingen auf die Palme bringen.«

»Palme? Welche Palme?«, entgegnete Ismail, dessen

Deutsch erstmals versagte. »Wachsen an dem Fluss da richtige Palmen?«

»Nein, noch nicht, vielleicht in zwanzig Jahren, wenn wir ein Klima wie bei Ihnen zu Hause haben. Bis dahin steigen die Rumplinger auf alles, was wie ein Baum aussieht, und machen Rabatz, wenn Sie sich nicht von unserem Bahnhof und unserem Dorf fernhalten. Aber vielleicht findet sich eine andere Gelegenheit, sich bei uns zu engagieren. Herr Fürbringer hat in Erfahrung gebracht – nein, erschrecken Sie nicht, kein weiteres düsteres Kapitel aus Ihrer geschäftlichen Vergangenheit –, dass Sie andere Leidenschaften haben, Leidenschaften, denen Sie in Rumplingen während der nächsten Jahre freudig nachgehen könnten.«

Hassan Ismail und seine Leute schauten Annemarie verständnislos an. Was düstere Kapitel bedeuteten, hatte sich ihnen offensichtlich nicht erschlossen, und welche Leidenschaften – das Wort schien Ismail auf eine falsche Fährte zu führen – da gemeint sein mochten, war nicht minder rätselhaft. Erst als Annemarie ihm geduldig wie eine Eselsantreiberin erklärte, worum es gehe, hellte sich sein Gesicht auf. Und als Annemarie ihm immer noch geduldig wie eine Eselsantreiberin aufzeigte, wie es Hassan Ismail in Rumplingen zu etwas bringen würde, da lachte er, setzte zu einem aufgeregten Kauderwelsch an, in dem vom Abstieg von Palmen und von hellen, freundlichen Kapiteln die Rede war, da schien es mit einem Mal so, als würde sich die Geschichte zum Guten wenden.

Eine halbe Stunde später ging man auseinander. Hassan

Ismail bemühte sich um Zurückhaltung, während sich seine verunsicherten Leibwächtermitarbeiter finster wie Gestalten in einem Agententhriller ansahen. Warum ihr Chef plötzlich so freundlich tat und warum er überhaupt mit einer alten Frau Geschäfte machte, das hätten sie gern gewusst. Dass es verfrüht war, Planierraupen und Abrissbirnen zu bestellen und die Bevölkerung wie damals in der Oberpfalz einzuschüchtern, leuchtete ihnen allerdings ein.

»Bis nächste Woche dann, wir treffen uns auf jeden Fall *vor* der Achthundert-Jahr-Feier, Herr Ismail. Ich werde Herrn Holoch dazubitten. Sie kennen ihn ja. Und BULBOFLASH sicher auch.«

Annemarie verbrachte den Abend in Stuttgart. Bevor es in Rumplingen rundging, wollte sie einen nostalgischen Spaziergang machen – auf den Spuren ihres Eberhards, in jene Weinwirtschaft, die sie mit ihm mindestens zweimal im Monat aufgesucht hatte, damals, als er noch lebte. Sie kehrte in Bräuningers Kiste ein, aß geschmelzte Maultaschen und trank zwei Grantschener Lemberger. Die Wirtin erkannte sie, von früher und von jetzt. Wer im *Nachtcafé* aufgefallen war, der brauchte eine Tarnkappe. Aufgekratzt und melancholisch zugleich nahm Annemarie anschließend den Zug nach Tübingen und dann den Richtung Rottenburg. Als sie an der Rumplinger Station ausstieg, setzte sie sich auf das Wartebänkchen und schaute über die Wiesen zum Sportplatz, wo Bagger auf ihren Einsatz warteten. Es war so weit. Der Showdown begann.

13

Rumplingen im Ausnahmezustand. Daran waren die meisten zwar mittlerweile gewöhnt, doch die Achthundert-Jahr-Feier strapazierte selbst die Nerven der Widerstandsfähigsten. Annemarie hielt sich im Hintergrund und vermied es als Mitglied des Festkomitees, die Alteingeborenen gegen sich aufzubringen. Ortsvorsteher Störzer war nach seinem Burn-out-Schwächeln ins Amt zurückgekehrt und versuchte Boden gutzumachen. Noch schien er die Gemeinderatswahlen nicht verloren zu geben, wenngleich er sich wunderte, warum so wenige an seinen Meinungen interessiert waren. Ärgerlicherweise, wie er fand, verzichtete das Komitee offenbar auf Weisung des Rottenburger Oberbürgermeisters Peuckert darauf, Hassan Ismail für einen Gastauftritt bei der Jubelfeier zu gewinnen. Überhaupt zog sich der große Investor zu Störzers Verwunderung mehr und mehr aus dem Geschehen zurück. Sein Kommen zur Feier hatte er wenigstens zugesagt. Statt seiner stand, was Störzer verstimmte, Annemarie auf der Rednerliste: »Erfahrungen einer Reingeschmeckten« hieß der für ihn Schlimmes verheißende Beitrag.

Die Stühle in der Festhalle reichten nicht aus. Schon zwei Stunden vor Beginn hatten die Ersten wie am Swimmingpool mit Mänteln die besten Plätze besetzt. Auf dem Fußballplatz wurden eine Videowand und fünfzig Stuhlreihen installiert, um die Feierlichkeiten über Public Viewing zugänglich zu machen. Seit Tagen brodelte es in der Gemeinde. Die Rizzolis säumten mit ihren Wutbürgerfiguren die Landstraße, während überall Pappmascheeziffern die Jubiläumszahl 800 abbildeten. Die Firma Holoch richtete Maschinen ein, die am Ortseingang und Ortsende postiert wurden und permanent riesige Seifenblasen in Form der drei Ziffern produzierten. Die Null war relativ leicht zu erkennen, wohingegen es einiger Phantasie bedurfte, um eine Acht wahrzunehmen. Viele Autofahrer fuhren die Strecke mehrmals am Tag, um sich und ihren Kindern den Genuss zu gönnen, von Seifenblasenungetümen berieselt zu werden. Bäcker Küstner legte sich nicht weniger ins Zeug und fertigte ein Laugengebäck, das auf filigrane Weise die 800 so nachbildete, dass zarte Brezelärmchen die Ziffern aufs Hübscheste miteinander verbanden. Der Kindergarten studierte alte Dorfweisen und – was durch eine Indiskretion im *General-Anzeiger* publik gemacht wurde – ein Gedicht der Degenhardt-Brunzel ein. Eine Premiere sozusagen, in einer Vertonung des Tübingers Dieter Thomas Kuhn. Es ging darin um das Waldsterben, was eine gewisse Betroffenheit gewährleistete. Kinder, die von sterbender Natur sangen, das berührte. Pfarrer Peralta wiederum ließ eine Broschüre *Die 800 be-*

wegendsten Bibelstellen produzieren und reicherte den Morgen des Festtags mit einer Dauerlesung in der Kirche an.

Mittlerweile war es Nachmittag, und Annemarie machte sich auf den Weg zur Festhalle. Robert, Carla, Daniel und Milotin würden nachkommen. Froh darüber, den kurzen Weg allein gehen zu dürfen, wusste sie, was die Stunde geschlagen hatte. Die Unterredung mit Hassan Ismail und Holoch war hervorragend verlaufen, mit einem Ergebnis, das Annemaries Erwartungen übertroffen hatte. Absagen blieben aus. Margot Käßmann würde kommen, der Ministerpräsident, Landräte, zahlreiche Bürgermeister, die Degenhardt-Brunzel-Erben, Wieland Backes, Jürgen Klinsmanns Tante, der Direktor des Marbacher Literaturarchivs, der Präsident des Schwäbischen Albvereins, Greenpeace-Aktivisten, und selbst von Harald Schmidts Büro kam die Bitte, für den Altmeister einen Platz zu reservieren.

Ein Glück nur, dachte Annemarie, dass der geplante Wissenschaftskongress zum Thema Widerstand auf das Sommersemester verschoben worden war. Die Tübinger Politikwissenschaftler nahmen sich der Sache an und weiteten das Ganze international aus. *Rumplingen, for example* sollte die Tagung heißen.

Annemarie nahm in der zweiten Reihe neben Beate und Otto Rehhagel Platz, der zwischenzeitlich einen Ersatzspieler seiner griechischen Europameisterelf überredet hatte, bei der SG Rumplingen anzuheuern. Trotz seiner vierundvierzig Jahre sei der bestens in Schuss. Milotin bestand darauf, im Hintergrund zu bleiben. Mit Bastian stand Annemarie in ständigem SMS-Austausch. Es musste während ihres Auftritts alles wie am Schnürchen laufen, und zum ersten Mal, seitdem Annemarie öffentliches Aufsehen erregte, spürte sie Nervosität, spürte sie, wie ihre Fingerspitzen zitterten und sich ihr Magen alle paar Minuten zusammenzog.

Die Stimmung im Festsaal schwankte zwischen Übermut, Unruhe und Anspannung. Bei der Übertragung zum Sportplatz gab es am Anfang technische Probleme, sodass die ersten Unzufriedenen versuchten, in der Halle einen Stehplatz zu ergattern. Metzger Brunner, der dem Ordnungsdienst vorstand, wehrte alle Eindringlinge ab. Gut, dass er seine braun-weiße Plastikkuh mitgebracht und neben dem Halleneingang als Warnblock aufgestellt hatte. Selbstverständlich hatte auch er seinen Beitrag zum Achthundertjährigen geleistet und aus Chilikäsekrainern, einer Eigenkreation seiner Wurstküche, formschön die Zahlenfolge modelliert und seine Kuh mit über fünfzig Exemplaren behängt.

Der Ministerpräsident hielt eine Rede, aufgelockert durch Rumplinger Wandererlebnisse aus seiner Jugend. Rottenburgs Oberbürgermeister hielt eine Rede, aufgelockert durch nichts, und der Ortsvorsteher brachte vor lauter Aufregung kaum ein vernünftiges Wort heraus und sackte wie ein vom Hammer geschlagenes Karnickel auf den Platz neben seiner unzufriedenen Frau nieder. Immerhin schaffte er es, ohne größere Verhaspler den Festredner, den Stuttgarter Landeshistoriker Wulff-Rickert, nach vorn zu bitten. Der sprach lang, zitierte alles Mögliche, zeigte per Beamer das Dorf in allen geschichtlichen Entwicklungsstadien und erklärte den Anwesenden, was alles in den letzten achthundert Jahren in Rumplingen passiert war. Nach ihm trat der Kinderchor auf, und als Dieter Thomas Kuhns Komposition der Degenhardt-Brunzel-Brandverse erklang, toste die Festhalle.

»Wald, du darfst nicht gehen … Wald, wir woll'n dich sehen … von Menschenhand zerstört … was dem Menschen nicht gehört« – das klang eindringlich, und vor allem in der Kuhn'schen Version, die sich an Hits von Andrea Berg und Helene Fischer orientierte, ließ sich dem Thema, mit dem die Degenhardt-Brunzel in den frühen Achtzigern auf Waldparkplätzen aufgetreten war, sogar eine heitere, beschwingte Note abgewinnen. Margot Käßmann jubelte, wollte etwas sagen, als Otto Rehhagel von seinem Stuhl aufsprang und eine Zugabe forderte. Vermieter und Grundbesitzer Renner stieg gar auf seinen Stuhl und klatschte im Rhythmus der eingängigen Komposition. Den Wald sehen zu wollen, das war ihm schon als Kind wichtig gewesen. Dass er in seinen Liebesunterredungen mit Annemarie nicht vorankam, machte ihm zu schaffen. Immerhin wollte ein lokaler TV-Sender eine Serie *Äckerlebesitzer sucht Frau* starten. Das wäre womöglich seine Chance.

Endlich war Annemarie an der Reihe. Ihre Kurzhaarfrisur war frisch hergerichtet und stand ihr vorzüglich. Sie wusste, dass sich viele Männer vor Frauen mit kurzen Haaren fürchteten. Man musste heutzutage mit allen Mitteln arbeiten. Annemarie blickte auf ihr erstes Jahr in Rumplingen zurück, lobte die Dorfgemeinschaft und die Notwendigkeit, über die Zukunft zu streiten, malte das gruselige Szenario eines verbauten Neckartals und einer unsichtbaren Bahnstation aus. Sie erwähnte ihre Partei mit keinem Wort und schloss ganz beiläufig mit dem Hinweis, dass sich der Investor Hassan Ismail- nach reiflicher Überlegung dazu entschlossen habe, von seinen Bauprojekten abzurücken. Der Kampfgeist der Rumplinger Bürger beeindrucke ihn, und gegen den Willen der Einwohner wolle er nicht handeln.

Im Saal raunte und wisperte es, ein Geräusch, das innerhalb weniger Sekunden an Lautstärke zulegte. Bravorufe mischten sich mit Ausrufen der Verwunderung. Der Rottenburger OB applaudierte so dezent, dass man nicht sicher sein konnte, ob er wirklich applaudierte, und Störzer sank von den feindlichen Blicken seiner Frau erdrückt ein Stück tiefer in seinen Stuhl.

Annemarie versuchte für Ruhe zu sorgen und fuhr fort: »Liebe Gäste, natürlich freue ich mich über die Einsicht unseres jordanischen Freundes. Dass er sich nicht nur aus finanziellen Interessen unserer Gemeinde zugewandt hat, zeigt sich daran, dass er sich bereit erklärt hat, Rumplingen auf andere Weise voranzubringen. Das soll er Ihnen aber selbst erzählen. Bitte, lieber Hassan Ismail, sagen Sie den Leuten, was Sie vorhaben. Und wenn Sie, lieber Horst

Holoch, unser sportbegeisterter Seifenschaumspezialist, mit auf die Bühne kommen, haben wir alle beisammen.«

Einige der Zuhörer hielt es nicht auf ihren Sitzen. Verwundert verfolgten sie, wie Ismail und Holoch fast Arm in Arm und gänzlich ohne Leibwächter die Bühne erklommen. Horst Holoch postierte sich neben Annemarie und überließ seinem neuen Freund das Rednerpult.

»Liebe Dorfmenschen, ich bin nervös, entschuldigen Sie, dass mein Deutsch heute nicht so gut sitzt wie mein Anzug. Das alles hätte ich nicht gedacht. Ganz anders hatte ich mir das gedacht. Aber Frau Annemarie hat mich gepackt – an einer schwachen Stelle von mir –, mit Methoden, die früher Männermethoden waren. Schon als Kind hatte ich neben den Schrauben eine einzige Leidenschaft, den Fußball. Wir in Jordanien tun uns schwer, aber eine Weltmeisterschaft mit Jordanien, das wäre ein Traum. Dann habe ich gesehen, was viele reiche Menschen auf der Welt mit ihrem Geld machen. Nur Jachten bauen, das ist zu wenig. Andere machen mit Geld ihre Liebe zum Fußball real. Chelsea, Paris Saint-Germain – Geld schießt Tore, hat unser aller Freund Rehhagel gesagt, und ich habe Geld, und ich gebe jetzt mein Geld auf den Geldhaufen von meinem Freund Holoch, und wir machen SG Rumplingen zum Sensationsclub. Wenn das klappt, müssen wir den Bahnhof von Rumplingen irgendwann größer machen vielleicht. In meiner Schublade stecken die Pläne. Aber erst einmal zählt der Fußball. Paris und Chelsea und Madrid und Bayern

München müssen sich, wie sagt man bei Ihnen, warm anziehen. Danke.«

Rumplingen auf dem Weg zur Champions League! Die Begeisterung im Saal schwappte von links nach rechts, von oben nach unten. Der Ministerpräsident umarmte den Oberbürgermeister, der die Arme zur Hallendecke streckte und seine Finger zur Becker-Faust formte. Mühsam gelang es Horst Holoch, sich Gehör zu verschaffen. In der Hand hielt er eine überdimensionierte Seifenblasendose in den jordanischen Nationalfarben Schwarz, Rot, Weiß und Grün und überreichte sie dem neuen Hauptsponsor. Eine Sonderedition werde es geben, und die Vorstellung, dass die Menschen in Rumplingen und in Amman zur selben Zeit Holoch-BULBOFLASHS zum Himmel pusteten, mache ihn nicht nur des Umsatzes wegen froh, das sei ein Friedenszeichen und hätte der Degenhardt-Strunzel sicher gefallen. Zuletzt aber, so Holoch, müsse man der Frau danken, die das alles auf den Weg gebracht habe, ihrer Neckarrebellin Annemarie Tiefenthal.

Der Beifall wurde stärker, AMT-Sprechchöre kamen auf. Doch nicht ihr gab Holoch das Wort, sondern ihrem Lebensgefährten, dem Fahrradfachmann Milotin Maric, der sich eine Überraschung für die einmalige Mutter, Großmutter und Politikerin Annemarie Tiefenthal ausgedacht habe.

Mit sicherem Schritt ging Milotin nach vorn, begleitet von Jubelrufen und aufmunternden Schulterklapsen. Er schüttelte Holoch und Ismail die Hand, strahlte Annemarie an und begann von seinem Glück zu erzählen. Dass er diese Frau kennengelernt habe, dass sie eine ausdauernde Fahrradfahrerin sei und dass er in den letzten Monaten keine ruhige Minute gehabt habe. Aber er habe das durchgehalten, wie Annemaries Familie. Und es habe sich gelohnt. Milotin machte eine Pause, und manche Frauen im Saal hielten ihre Schluchzer der Rührung nicht zurück.

»Liebe schöne Annemarie«, setzte Milotin seine Ansprache fort, »in nächster Zeit wird nichts ruhiger werden, ich weiß. Der Wahlsonntag steht vor der Tür, du hast viele Pläne, hoffentlich auch mit mir. Dass du dich vor nichts fürchtest, nicht einmal vor alten Rumplingern und reichen Männern aus dem Morgenland, Sie erlauben, Herr Ismail, das gefällt mir als furchtlosem Kroaten. Eigentlich kenne ich nur eine Sache, vor der du Angst hast. Und diese Sache, das ist keine Sache, genau genommen, das sind Tiere, noch genauer: das sind Kühe. Eine Frau wie du sollte sich aber nicht vor Kühen fürchten, sonst nutzen das die anderen Parteien aus, und deshalb mache ich dir ein Geschenk, das du gleich nach der Wahl einlösen kannst. Bevor du dich in den Bundestag oder ins Europaparlament oder zum Deutschen Fußball-Bund aufmachst.«

Milotin kramte aus seinem Jackett ein Blatt Papier und las vor, womit er Annemarie beschenken wollte: »›Gutschein, Frau Annemarie Tiefenthal, für ein Sommerspezialangebot *Kuh-for-you* auf einem Bauernhof im Bregenzer Wald. Das Angebot umfasst die Wochenmiete einer Kuh, zwei Kilo naturbelassenen Bergkäse, den Aufenthalt in einem Kräuterbauernhof, das Füttern und das Streicheln der Kuh auf ihrer Alm, das Umhängen einer traditionellen Bregenzer-Wald-Glocke, das Melkerlebnis, den Genuss frischer Milch und als Andenken das gerahmte Foto der Mietkuh.‹ Und damit du, liebe Annemarie, das alles überlebst, darfst du deinen Sohn und seine Familie mitnehmen. Und mich natürlich. Danach wirst du dich vor keiner Kuh auf dieser Welt mehr fürchten.«

Milotin streckte Annemarie den *Kuh-for-you*-Gutschein entgegen. Sie nahm ihn, was blieb ihr anderes übrig, und begann zu lächeln. Das 801. Jahr der Geschichte Rumplingens hatte begonnen.